悪役令嬢の娘なので、王子様はお断りいたします！

イケメン王子は溺愛する令嬢との結婚に手段を選ばない

逢矢沙希

✦

Illustration

KRN

gabriella books

悪役令嬢の娘なので、王子様はお断りいたします！

イケメン王子は溺愛する令嬢との結婚に手段を選ばない

c o n t e n t s

序章

セレティナの誕生は、当時公爵令嬢であった母と、侯爵位を継いだばかりの若き当主であった父との出会いがあったからこそ叶《かな》ったものだった。

けれどその出会いは、決して喜ばしいものではなかったことを、この国では多くの人が知っている。

特に母にとっては、心と経歴に深い傷を負う大きな事件から始まっていたのである。


「ライアット公爵令嬢、イザベラ！　今日のこの瞬間より、私、フィッツラルド王国王太子フリッツはあなたとの婚約破棄を宣言する！」


当時、政略結婚により望まぬ婚約を強いられた男性側が、身分は低いが心優しい女性と出会って、その女性と真実の愛を貫くために婚約者に別れを告げる、という内容の物語がたいそう流行《はや》っていたそうだ。

その物語は主に市井の間で始まって、それが貴族の若い令嬢にも広まっていった。

上級貴族家の令嬢には己の立場を弁《わきま》えない夢物語だと不評だったらしいけれど、爵位の低い貴族令嬢や平民の娘にとっては、身分ある男性に愛されて成り上がるという題目はいつの時代も人気だ。

何より高飛車で傲慢な、身分だけが取り柄の鼻持ちならない女を捨ててヒロインを選んでくれるのだ。

物語では、多くの場合ヒーローに断罪された元婚約者の令嬢は本人が、あるいは家ごと失脚する。

けれどそれはあくまで物語の中だからこそ成り立つことで、現実においては身分が高ければ高いほど責任は重く、自由な結婚などまずありえない……と、誰もが弁えていたはずだったのだけれど。

その物語のような出来事が、実際にセレティナの母、イザベラを襲ったのは彼女が王太子と婚礼の儀を挙げる半年前の、王宮主催の舞踏会会場でのことだった。

「お、お待ちください殿下！　なぜそのような……私に、どのような落ち度があったのでしょうか」

「どんな落ち度だと？　それをあなたが言うのか。私の隣にいるアデリシアの姿を見ても？」

「……そ、それは……」

イザベラが口ごもったのは、少なからず後ろめたい心当たりがあったからだ。

王太子の隣で居心地悪そうにたたずんでいる令嬢は、ストロベリーブロンドのふわふわとした髪と、琥珀色《こはくいろ》の大きな瞳が印象的な愛らしい令嬢である。

たとえるならふわふわの毛並みの子ウサギのような、目にした者の目元を思わず緩ませてしまうような、なんとも男心を誘う愛嬌《あいきょう》がある。

対してライアット公爵令嬢、イザベラは真っ黒な黒髪と暗い茶色の瞳の持ち主で、美しくはあるけれどどこか近寄りがたい。

与える印象も、高位貴族令嬢として品と誇りのある毅然《きぜん》とした振る舞いゆえに、気位の高さばかりが強調されてしまうところがある。

でもそれは、将来の王太子、そして王妃として必要とされる教育の結果だ。

「私は、その方に身分に相応《ふさわ》しい立場と振る舞いをなさるよう助言しただけです」

「あなたはいじめを助言というのか」

「いじめだなんて！　婚約者のいる殿方に、それも身分の低い令嬢の方から近づくことはマナーに反すると注意することがいじめになるのですか？　少々言葉が過ぎたこともあったかもしれませんが、私は」

「婚約者がいる身で、か」

意味深な言葉を向けられて、暗い表情でイザベラが口を噤《つぐ》む。

何を言うべきか考えあぐね、どうにか言葉を続けようとしたが、結局彼女が口を開くよりもフリッツがその言葉を封じる方が早かった。

「もういい。あなたの言葉は何も聞きたくないし信じられない。今はせめて己の罪と向き合うがいい」

反論も弁明も許されない、あまりにも情のない、一方的な断罪だった。

せめて場所を弁えてくれれば。

事情を聞いてくれれば、そしてこちらの言葉に耳を傾けてくれれば、また違う未来があったのかもしれないけれど、フリッツはそのいずれの手段も選ばなかった。

最初からこうしてイザベラを傷つけることが目的だったのだろう。

それも大衆の面前、彼女や公爵家への配慮など一切なく、一方的にこちらを悪役にして他の女性に乗り換えるという最低最悪な手段で、だ。

顔色をなくし、その場で崩れ落ちるように床に座り込んだイザベラを助けてくれる人はいなかった。

……そう、たった一人、後にセレティナの父となる、若きイクラム侯爵家当主、ロジャーズを除いては。

「……どうぞ、お気を確かに。会場の外までご案内しましょう」

目の前に差し出された手を、イザベラは縋《すが》るように取った。

その時、彼女は手を差し伸べた人の顔さえ見ていなかった……見る余裕がなかった。

もし顔を上げて相手の顔をしっかり見ていたら、手を取ることを躊躇《ためら》ったかもしれない。

ロジャーズは決して見目のいい男性ではない。

むしろ背が低く小太りで容姿も冴《さ》えず、気が弱い臆病者だと笑いものにされることの方が多かった。

何か口にしてもモゴモゴと要領を得ない呟《つぶや》きをすることの多い彼のことを、同世代の人々は『子豚侯爵』と陰で呼んでいたのだから。

取り柄は家柄の良さと、人の良さ、そして意外にも事務能力の高さだろうか。

そんな彼に見向きする女性はいなかった。

それどころか、

「いくら家柄が良くても、あんな子豚を夫になんてできないわ」

と令嬢達に馬鹿にされ、そっぽを向かれるばかり。

それはロジャーズも承知していたから、彼はいつも控えめで、自ら目立つような言動をすることはなかった。

そんな彼がたった一度だけ、人々が注目する中で勇気を振り絞って行動に出たのが、この時だ。

少なくともこの場にいたどんな男性よりも、心優しい行為だ。

しかし王太子におもねる多くの人々はそんなロジャーズさえ嘲笑《あざわら》った。

「なるほど、嫉妬に狂った哀れな令嬢には、場の空気を読めぬ子豚がよくお似合いで」

「いや、もしかするとここぞとばかりに付け込もうとしているのかもしれないぞ。子豚侯爵には本来、公爵令嬢など高嶺《たかね》の花だろうからな」

「ああ、なんて惨めだこと……あのような立場には、絶対になりたくないわ」

そんな囁《ささや》きを耳にして初めて、やっとイザベラは自分が手を取った相手が誰かを理解し息を呑《の》んだが、しかし唯一自分に親切にしてくれた人の手を振り払うようなことはしなかった。

ただ掠《かす》れ、震えた声で、

「……お気遣いに、感謝いたします……」

とそう答え、ロジャーズの手を借りて立ち上がった後は、彼に丁寧なお辞儀を残して、たった一人でその場から立ち去った。

それが最後の公爵令嬢としての矜持《きょうじ》だといわんばかりに。

この時の、彼女の凛《りん》と背筋を伸ばした姿が美しかった、と賞賛する者も少なからず存在したらしい。

そして人目を恐れずに女性に救いの手を差し伸べたロジャーズを評価する者も。

だが、そのイザベラの矜持も、ロジャーズの優しさも、結局フリッツの心を揺らすことはなかった。

彼女が立ち去った後も、王太子の無慈悲な行いは終わらなかった……彼はその場で命じたのだ。

たった今、哀れな公爵令嬢に手を差し伸べた、若き侯爵に向かって。

「そうだ、ロジャーズ。お前、縁談に困っているようだな。イザベラもこのような結果になっては新たな縁談は望めないだろう。余り者同士、ちょうどいいのではないか。家柄も釣り合うだろう？」

もちろん王太子のそんな仕打ちを、イザベラの父であるライアット公爵は激しく抗議したが、結局は受け入れざるをえなかった。

それほどに醜聞は取り返しがつかないほど社交界に広がってしまっていたためだ。

そうしてセレティナの父と母は、王太子のこの言葉で夫婦となった。

後に様々な遺恨と、二十数年が過ぎた今も大きな確執を残したまま。

第一章　悪役令嬢の娘

今年十八歳になったイクラム侯爵令嬢セレティナは、周囲で笑いさざめく人々へ視線を投げると、そうとは知られぬようにそっと溜息《ためいき》をついた。

今彼女がいる場所は、王宮が主催する舞踏会会場だ。

数百人もの人々を収容してもまだ余裕のある広大なダンスホールでは、色鮮やかなドレスや衣装、宝石で飾り立てた人々が集い、実に賑々《にぎにぎ》しい。

中央のフロアではダンスを踊る若い男女の周囲を取り囲む人々がそのダンスを褒めそやし、お目当ての相手がいる者は自分が誘う、あるいは誘われる機会を窺《うかが》っている。

セレティナはそうした人々を遠巻きに眺めている……そう、目立たぬように壁際で。

「あらあら。今夜もイクラム侯爵令嬢は壁の花のようね。お気の毒なこと」

「最初から壁から離れるおつもりはないのでしょう？　ほらご覧になって。あんな地味な色のドレスでは、どんな殿方にも気付いてはもらえないわ」

それでも幾人かの令嬢がこちらを見やりながら、クスクスと笑って目の前を取り過ぎていく。

彼女たちの言うとおり、多くの令嬢が若い娘らしく、赤や青、ピンクや水色、黄色やオレンジなど鮮やかであったり、可愛《かわい》らしかったりする色合いのドレスを好むけれど、セレティナが身に纏《まと》うドレスは深い緑だ。

緑が悪いわけではもちろんないが、ドレスのデザインもフリルやリボンが多い他の令嬢に比べて控えめで、髪や瞳の色も相まって華やかなものが好きな人の目には随分地味に見えるだろう。

だが見る者が見ればセレティナの装いが、品良くまとめられたものであると気付く。

ドレスの生地も上等だし、リボンやフリルが控えめな分、上品なレースが要所を彩っている。

母譲りの長く艶《つや》やかな黒髪はよく見れば複雑な形に丁寧に編み込まれ、その髪を彩る真珠《しんじゅ》の髪飾りも、一つ一つがゆがみのない綺麗《きれい》な真円をかたどったものだ。

父譲りの深い紫色の瞳は、彼女の黒髪と合わせると暗い印象を受ける者もいるだろうけれど、見方を変えれば神秘的ともいえる。

そんなセレティナに向けられるのは、必ずしも嘲笑の眼差《まなざ》しばかりではない。

それでも全くといっていいほど近づいてくる男性がいないのは、イクラム侯爵夫妻は世間の笑いものにされているからだ。

それもセレティナが生まれるより前から……全ては母を捨て、父を馬鹿にした王太子のせいで。

「誰がなんと言おうと、あなたは私たちが真実愛し合って生まれた、大切な娘よ」

「もちろんだとも。確かに私たちのなれそめは大分一般的とは言いがたいが……イザベラとの結婚を私は後悔していないよ。そのおかげでこんなに可愛い子ども達にも恵まれたのだから」

今でこそ両親はそう言って互いを慈しみ寄り添い合っているが、実際のところ結婚後しばらくは冷えた夫婦関係だったと聞いている。

（いえ、冷えた関係、というのは少し違うかも。歩み寄る方法が判《わか》らずにいたのだわ）

何しろ経緯が経緯だったので、父も母もお互いに相手を自分の事情に巻き込んでしまったという負い目のせいで、なかなか真実の夫婦になれなかったのが原因らしい。

二人が婚姻してから第一子であるセレティナが生まれるまで、相当年数が過ぎている理由はそういった事情のようだ。

セレティナは、物心がついた時には両親からきちんと説明を受けていた。

「私が悪いの。長い間、なかなかお父様に本当の意味で心を開けなくて……でも、お父様はずっと根気よく待ち続けてくださったわ。どんな貴公子より心の優しい人よ」

「イザベラは私には勿体《もったい》ないほど素晴らしい女性だ。誰かに恥じる必要などない。それは娘であるお前も同じだ、どうか心ない人々の言動に心を濁らせないでおくれ」

過去がどうであれ、今の両親が互いを尊敬し愛し合っていることは娘の目にも判る。

少なくともイクラム侯爵家は、実に平和で愛情に満ちた理想的な家庭だ。

だからこそセレティナも両親のその言葉を、素直に信じることができた。

「判っているわ。お父様とお母様が真実愛し合っているのも、私たちを愛してくれているのも。誰になんて言われたって平気よ。心配しないで」

だが、その幸せな家族に暗い影を落とすのは、今も消えない過去の出来事である。

通常二十数年も経《た》てば、国を揺るがす凶悪な大事件ですら、完全に忘れさられるということはないにしても、いちいち人の口の端に上ることなどなくなるだろう。

しかしイクラム侯爵家はそれだけの年月が過ぎても未《いま》だに社交界でのつまはじきものだ。

その最大の原因を作っているのが、今まさに会場へと到着した人物である。

「フリッツ王太子殿下、並びにオシリス第一王子殿下、アリオス第二王子殿下のご入場です」

響いた先触れの声の後に大きく開いた扉の向こうから入場した、豪奢《ごうしゃ》な衣装に身を包んだ壮年の男性の姿を目にした途端、セレティナは自分の眼差しがこの上なく険しくなるのを自覚した。

さりげなく視線を反らしたのは、この国の王太子を睨《にら》み付《つ》けている姿を誰かに目撃されたら、それこそ面倒なことになると判っていたから。

二十数年、ひたすらその仕打ちに耐えている両親を、自分の余計な行いで苦しめたくない。

(ああ、でもあの顔にクリームたっぷりのケーキを叩《たた》き付《つ》けてやれたら、どんなに胸がスッとするかしら)

それでも、内心毒づくくらいは許されるだろう。

当時、母の元婚約者であった王太子フリッツは、あの事件の後すぐに件《くだん》の男爵令嬢との間に子をもうけて結婚し、今や二人の王子の父親である。

世間が当時の出来事を忘れてくれないのは、すべてこの王太子のせいだ。

何しろフリッツは未だに父や母のことを公衆の面前で侮辱するのだ。

当時のことを決して風化などさせないといわんばかりに……そこには怒りという以上に異常な執念を感じるくらいだ。

（いつまでもネチネチネチネチしつっこいのよ。女の腐ったのよりさらに腐って発酵しているんじゃないの？　美味しく食べられる発酵食品と違って、毒にしかならないうえに捨てることもできないあっちの方が遙《はる》かにやっかいね）

腹の中でとんだ無礼な思考を繰り返すセレティナだが、そう言いたくなる彼女の気持ちも判ってほしい。

とにかくあの王太子にはいつも煮え湯を飲まされ続けているのだ。

幸い現在も王が健在であり、息子の行いをその王が快く思っていないために、今のところは皮肉や些細《ささい》な嫌がらせ程度で済んでいる。

だが、王も高齢となって世代交代の時期が確実に近づいている。

フリッツが王になった後はイクラム侯爵家の人々は随分と生きにくくなるだろう。

……考えただけでぞっとする。

「セレティナ。おいで、殿下たちにご挨拶に行くよ」

少し離れた場所に待機していた両親に声を掛けられ、溢《こぼ》れそうになる憂鬱《ゆううつ》な溜息を呑み込んだ。

王太子と二人の王子たちに挨拶なんていきたくない。

どうせ例によって例のごとくいびられるだけだ。

幸い、王太子の二人の息子はこれまで一度も表立って自分たちを罵《ののし》る言動はしなかったが、だからといって父親を窘《たしな》めることもない以上、セレティナにとっては敵同然である。

それでも今夜この舞踏会に参加しているのは、最低限の貴族の務めを果たすためだ。

王宮主催の社交をすっぽかせば、あの王太子ならこれ幸いと、王家に敬意を払う意思がない、謀反の意思ありと痛くもない腹を探ってくるに違いない。

万が一、イクラム侯爵家に謀反の意思があると取られれば、爵位や財産を没収されるだけでなく、父も母も親族一同投獄され、有りもしない罪を問われることになるだろう。

侯爵家には守るべき領地や領民もいる。

この国で生きる以上、耐えるしかない。

たとえ挨拶に向かうたびに、王太子にネズミが猫に甚振られるような苦行の時間を強いられることになろうとも。

セレティナは、この世で一番、あの男が大嫌いだ。

「……いつも嫌な思いをさせて、ごめんなさいね」

「大丈夫よ。それよりも面倒なことは早く済ませて帰りましょう？　きっとセスも待っているわ」

すまなさそうに表情を曇らせる両親に、喉の奥から溢れそうになる呪詛《じゅそ》の声を呑み込んで、セレティナは無邪気な笑顔を返す。

（せめて弟のセスランが社交界に出る頃には、今より少しはマシになっているといいのだけれど……）

両親はこの先のことをどう考えているのだろう。

苦行の時が一刻も早く終わることを願いながら、重たい足を前に進めるのだった。

「さあ！　今日も読むわよ！　キッドレー冒険譚《ぼうけんたん》はこの間読み切ってしまったから、次はシャハンジールの千夜物語よ。不遇の王子の復讐《ふくしゅう》と、運命の恋物語が素晴らしいんですって！」

忍耐の限界に強制チャレンジさせられた舞踏会を終えて二日後、セレティナは侍女のマリア一人を供につけてウキウキとした足取りで通い慣れた王立図書館の扉をくぐった。

視界に広がるのは地上五階まで貫く吹き抜けのエントランスホールと、そこから見渡せる大量の棚にびっしりと収められた書籍の数々だ。

時間さえあればこの図書館に通うようになって二年。

もうとっくに見慣れた光景だというのに、ずらりと視界の端々にまで収められた書籍の数々を見つめながら、今日はどの本を読もうかと思うと心が浮き立って仕方ない。

「お嬢様ったら……こんなにお天気の良い日なのに、今日もまた、閉館まで居座るおつもりですか？」

「ええ、もちろん。貸し出しはできないのだもの、ここで読むしかないでしょう？　だからいつもついてこなくてもいいと言っているじゃない」

「そうはいきません、お嬢様お一人にしてもしものことがあったらどうするのですか」

「街中ならともかく、この図書館で何かがあるはずないでしょう？」

「そんなことを仰《おっしゃ》って、スリに狙われたのはどなたです？　何しろお嬢様は一度本にのめり込むとすぐに周りが見えなくなるんですから。いつも誰かが助けてくれるとは限らないんですからね」

「もう二年も前のことじゃないの……」

「あれ以来、私が目を光らせているんです」

それを言われると反論は難しい。

実際に読書に夢中になっている間にスリに狙われて、手持ちのバッグを持ち去られそうになったことがあるからだ。

幸いその時は近くにいた若い男性が気付いて、スリを捕らえてくれたから事なきを得たが、声を掛けられるまでセレティナは全く気付いていなかった。

すぐ目と鼻の先の出来事だったのに。

「判ったわよ、気をつける。だから、早く行きましょう」

まだ小言が続きそうなマリアを軽く宥《なだ》めて、セレティナは足下の臙脂色《えんじいろ》の絨毯《じゅうたん》を踏みしめるように歩き出した。

さっと周囲を見回して視界に入るのは、老若男女様々だが共通しているのは殆《ほとん》どの者が爵位を持たない平民か商人ということだ。

この王立図書館は現在の王が、民の識字率を上げるために設立した公共施設である。

セレティナは現在の王太子が大嫌いだが、その父親である王は息子びいきが過ぎるところに目を瞑《つぶ》れば、それほど暗愚な王ではない。

王国の民であり決められた額の保証金を預ければ、誰でも入館することができるし、貸し出しこそしていないものの好きに手に取って読むことができる、という素晴らしいシステムだ。

(何よりここが一番素晴らしいのは、貴族が殆ど来ない、ってことよ!)

なぜこれほど立派な図書館に貴族達が殆ど来ないのかといえば、城に他に貴族専用の王宮図書館があって、貴族達の多くは下々の者と譲り合って本を読む、なんて考えは持ち合わせていない者が殆どだからだ。

だからこそ、セレティナにとっては最高の場所である。

誰に気兼ねすることもなく、陰口を気にすることもなく、高価な本を読みたいだけ読めるのだ。

毎年シーズンになると領地から王都に出てくるのは憂鬱でしかないが、この王立図書館だけが数少ない楽しみの一つだった。

図書館に来る時セレティナはいつも一目で身分ある令嬢とは思われないように町娘のように緩く三つ編みにして、伊達眼鏡《だてめがね》と薄化粧で顔の印象を変えている。

ちょっと見ではまあまあ裕福な中流階級か商家の娘、といったところか。

「ああ、もう本当に幸せ。紙やインクの匂いも最高だし、何より嫌味《いやみ》な奴《やつ》らがいないというだけで、吸う空気も美味しい。できることならここで一生暮らしたい」

「やめてください、冗談に聞こえません」

「だって本気だもの」

「ここに来れば、意中の男性にお会いできるし……ですか?」

不意を突くマリアの呟きに、晴れ晴れとした笑顔を浮かべていたセレティナの顔が一瞬にして、ぎくりと強《こわ》ばった。

「な、何を言うの、マリア」

「あら違いました? でもお嬢様、お顔が赤くなっていらっしゃいますわよ?」

マリアがセレティナ付の侍女となってもう十年。

姉のような存在だからこそ、通常の使用人よりもその距離感が近く、時々こんなやりとりもある。

図星を指されたようにパクパクと口を開閉させるセレティナに、彼女は意味深に微笑《ほほえ》む。

「へ、変なことを言わないで、マリア。私は別に」

「よろしいではありませんか。どうせ社交界に出入りしているような殿方ではお嬢様のお相手は務まりません。それならば趣味の合う方の中で、お探しになったほうがきっとお幸せになれるでしょう」

正直なところマリアのこの言葉は、冗談半分、本気半分といったところだ。

彼女の言うとおり、セレティナは十八と貴族令嬢としては花の適齢期で、侯爵令嬢という身分を考えてもとっくの昔に婚約者が決まっていてもおかしくない。

けれど今のところそんな相手どころかまともな縁談一つ存在せず、ごくまれに縁談があったとしても、身分や財産目当ての、こちらの足下を見た没落貴族ばかり。

それくらいならいっそ、平民でも生活に困らない程度の経済力があって、噂《うわさ》に惑わされないような青年であればそれでいいとセレティナの両親も多少の身分差には目を瞑ってくれそうな節がある。

だからというわけではないけれど……

「今日もお会いできるといいですね」

「そ、そんなの判らないわよ。特別約束をしているわけではないのだもの」

実は、この図書館に足繁《あししげ》く通うのは本ばかりが目当てではない。

王都での数少ない楽しみの一つに、ここに来ればとある人に会える確率が高いから、というのもまた理由になってしばらく経つのだ。

その人の顔を頭に思い浮かべ、直後慌てて首を横に振った。

「もうからかわないで。それより本を取りに行きましょう。誰も読んでいないといいのだけど」

何よりもセレティナが好んだのは、特に冒険譚であり、ハッピーエンドの物語だった。

主人公が様々な場所に旅に出て、多くの苦難を乗り越え、様々な人と出会って恋をする。

時には出会いと別れを繰り返し、その主人公なりの人生を歩む姿に純粋に憧れた。

物語の中では誰にも、何にも縛られない。

現実世界では憂鬱になることばかりだから、なおさらセレティナは物語の世界にのめり込んだ。

けれど。

「……また増えている」

目を向けた先にあるのは、今流行の人気の恋愛物だ。

図書館でも特別コーナーが作られ、今も三人ほどの若い娘が目当ての本を探している様子だ。

セレティナが渋い顔をしたのは、なにも恋愛物が嫌いだからという理由ではない。

むしろ冒険物語に続いて好きなジャンルだ。

けれど……そのコーナーに並べられた本の全てに共通しているのは、身分の低い娘が貴族や王族の青年に見初められ、そんな二人の恋を邪魔する悪役を退治する話である。

多くの場合、それはヒーローの婚約者や恋人で、悪役令嬢と呼ばれている。

二十数年前にも流行ったジャンルだが、今またそのジャンルが人気を盛り返し、次々と新たな書籍が生まれていることをセレティナは知っていた。

「……行きましょう、お嬢様」

セレティナの心情を察したマリアが、そっと声を掛けてきた、その時だった。

「……ティナ？」

背後から、名を呼ぶ声が聞こえた。

この場合のティナ、という名はセレティナが身分を伏せて行動している場合に名乗る仮名《かめい》である。

今、この図書館でその名を呼ぶ者は一人しかいない……振り返り、思った通りの人物がこちらに歩み寄ってくる姿に、自分の口元が綻ぶのを自覚した。

「アロイス。先週ぶりね」

「うん。先週ぶり」

そう言って笑うのは、深い焦げ茶色の髪の青年だ。

年の頃は二十歳をいくつか越したくらいで、くるくると癖のある前髪に目元が隠されているせいで、顔立ちが判りにくいけれど、よく見れば目鼻立ちは整っているし、すっと通った鼻筋や顎、唇も理想的な配置で収まっている。

その身体に少し大きい、野暮《やぼ》ったく地味な身なりだが、服の生地は上等で、彼がそれなりに裕福な家の息子だと判る。

もう少しあか抜けた装いをすれば、ぐっと印象が変わるだろうが、それをセレティナが指摘したことはない。

彼の格好がどうであろうと、どんな家の息子だろうと彼女には重要ではないからだ。

「今日は何の本を読んでいるの？」

先ほどセレティナが口にした、アロイスというのが彼の名だ。

家名は知らないし、セレティナも聞かれたことがない。

特に拒否したわけでもされたわけでもないけれど、尋ねられてもセレティナが答えられないから、こちらも尋ねない……そんな感じである。

「今日は新しい本を読もうと思ってまだ探しているところだよ」

「前に読んでいたのはバロック博士の怪事件シリーズだったわよね？　面白かった？」

「面白かったよ。ただ、少し古典的な描写が多いから、慣れるまで読むのに手こずるかもしれない。君が読んでいたのはキッドレー冒険譚だったよね？　どうだった？」

「文句なしにお勧めよ、あれを読んでいると無性に外国へ行きたくなるの。いつかこの国を出て、違う国へ行きたいわ。どうやって親を説得しようかと、ちょっと悩んでいるのよね」

なぜかそこでアロイスが苦笑した。

セレティナの背後でマリアが、とんでもないといわんばかりに渋面で首を横に振っているからだ。

それに気付かず、割と本気で考え込むセレティナを、彼はやんわりと止める。

「それはちょっと……女の子一人で行くのは危ないかな」

「何も一人で行くなんて言っていないわよ。もちろんマリアとか護衛も連れて行くつもりだし」

「それでも、普通はご両親が許さないと思うよ。それに俺も、君に外国に行かれてしまうのはちょっと、というか大分寂しい」

当たり前のように告げられた最後の言葉に、思わず目を丸くした。

そんなセレティナに、アロイスははにかむように笑う。

長い前髪の奥、晴れた夜空のような綺麗な瞳が瞬いたように見えて妙に落ち着かない気分になる。

「べ、別に、いますぐ行くなんて言っていないわ。将来的に、行けたらいいなっていうくらいで……ああ、もう、早く本を取って席に行きましょう。時間は限られているのだから、もったいないわ」

くるりとアロイスに背を向けると、足早に目的の棚へ向かう。

まっすぐに書棚を見つめながら、それでもうっすらと頬《ほお》が熱を持ち始めるのは誤魔化《ごまか》しようがない。

（……ああ、もう。何を読もうと思ったのか忘れてしまったわ……）

ちらと後ろを盗み見れば、先ほどの発言も忘れたように平然と本を選んでいるアロイスがいる。

そう、彼こそがセレティナがこの図書館に足繁く通うもう一つの理由である。

この図書館でセレティナがアロイスと出会ったのは、一昨年のシーズン終わりのことだった。

少し前にマリアに指摘された、本に夢中になって周りが見えなくなった時にスリに狙われた……その時に助けてくれたのが、実は彼なのである。

その時はお礼を言っておしまいだったけれど、翌年再びシーズンの為に王都に訪れた際、真っ先にここにやってきた時に再会した。

『あなた、去年の……』

『ああ、あの時のスリの……』

と、お互いに相手のことを覚えていて、そしてそれから交流を持つようになったのである。

交流といっても、お互いに同じ本を何冊も読んでいたと知ってから、それらの感想や意見から始まって、お勧めの本を教えてもらったり、こちらから教えたりしあう程度だ。

読書の合間にちょっとお喋《しゃべ》りをするくらいで、特別なことは何もない。

（でも……）

この図書館に足を向けるたび、内心期待している自分がいる。

今日は会えるだろうか、会えたらどんな話ができるだろうか、と。

アロイスとは趣味が同じで話していて楽しいし、ためになることも多い。

博識で、セレティナの知らないことをたくさん知っていて、尋ねると判《わか》りやすく教えてくれる。少しも馬鹿にせずに。

（笑顔も可愛いけど、あの声も良いのよ。低すぎず、高すぎず、優しくて穏やかで……）

じっと聞いていると、彼の声に優しく包まれるような気がする。

それが心地よくて、いつまででも聞いていたいと……そこまで考えてハッとした。

自分は何を考えているのだろう。

「どうしました、お嬢様。ぼーっとなさって」

「な、何でもないわ。気にしないで」

マリアがじいっとこちらを見ている、もの言いたげな眼差しで。

それにあえて気付かないふりをして、セレティナは目についた本を適当に数冊抜き取ると、閲覧席へと向かった。

静かに紙がこすれる音だけが響くその合間、ふと視線を上げると向かいの席に座った彼と目がぶつかって、柔らかな微笑みが返ってくる。

そのたびに、セレティナの心はふわふわと揺れた。

まるで波間に漂う木の葉のように。

（……いつまでも、この時間が続いてくれたらいいのに）

そして、恋に揺れる乙女のように。


至福の時間が過ぎた後は、大体いつも決まって苦難に耐える時間がやってくるものだ。

セレティナにとっての苦難とは、すなわち社交界、そして王太子。

関わりたくないのに、切っても切り離せない貴族の義務のせいで、嫌でも出席しなくてはならない。

そして決まってそのたびに嫌な思いをさせられる。

けれど、その日の出来事はこれまでと比べものにならないくらいに嫌悪感と将来への不安、恐怖を感じさせられることがあって、どうにか乗り切った後になってもセレティナの心を深く沈ませた。

それこそ大好きな図書館に来ても引きずってしまうくらいに。

「やあ。ティナ。おはよう」

翌日、開館時間に合わせて図書館に出向いたセレティナは、その正面エントランスで早速アロイスと出くわした。

最初笑顔で近づいてきたアロイスは、すぐにセレティナの表情が浮かないことに気付いたようだ。

「どうしたの、随分暗い表情をしているけれど」

「……えっ、そう？　……実は昨日すごく嫌なことがあって。……そんなに顔に出ている？」

「そうだね、一目で判るくらいには」

「駄目ね、しっかりしなくちゃ。でもアロイス、あなたもなんだか表情が暗いわよ？」

誤魔化すように相手に話を振ったが、セレティナの指摘は的外れなものではないだろう。

アロイスもまた、穏やかに微笑んでいてもその表情はいつもより沈んで見えたから。

「ああ……うん、まあ。俺も昨日、ちょっとというか……大分嫌なものを見てしまって。何というか、生きていると色々あるよね」

少しだけおどけたように笑って小さく肩を竦《すく》めてみせる彼に、セレティナも苦笑するように笑った。

お互いに、相手の言う『嫌なこと』がどんなことであるかは、あえて深く尋ねない。

せっかくこうして顔を会わせているのだ、嫌な話より楽しい話がしたいと、セレティナは半ば強引に笑顔を浮かべると、話題を変えた。

「そういえば、この間読んでいた本はどう？　確か復讐ものだったよね」

「面白いわよ。あの手この手で復讐し、相手が泣きながら謝罪しても簡単には許さないの。最後は地面にめり込んだ頭を踏みつけるシーンが最高にスカッとしたわ！」

「…………そう」

「何、その顔は。こちらが味わった苦しみを、相手には二倍三倍の強さで判らせてやりたいって思うのは当然の人間心理でしょう？」

「そんな悟りきった真顔で言われても。……まあ、そういう気持ちも判るよ。ただ君があまりにも実感を込めて言うからさ、もしかして、誰か復讐したい相手でもいるの？」

アロイスの言葉に、たっぷり間を置いた後にセレティナは笑った。

ふふふ、と恐ろしく地を這《は》うような低い声で。

「……ああ、うん。なんとなく判った。開いてはいけない扉を開けようとしてしまった気がするから、この話題はここまでにしよう」

「賢明な判断ね。詳細まで聞き出そうとしていたら、あなた多分一週間は帰れなかったわよ？」

「そんなに長い話……というか、そんなに深い恨みがあるの？」

恨みが深いのかと問われたら、躊躇《ためら》いなく深い。

何しろ生まれる以前から、二十四、五年は蓄積し続けた恨みだ。

高級熟成貴腐ワインにも負けない自信がある。

そしてその恨みはこうしている間も日々積み重なり、より熟成が増していく。

あの憎たらしい男がいつか今の地位から転げ落ちて、この世の残酷さを噛《か》みしめる日がくるようにと、心から願ってやまない。

だがこの恨《うら》み辛《つら》みはアロイスには無関係な話だ。

「それよりもあなたの方こそ、先週読んでいた本はどうだったの？　面白かったなら、私も読んでみようかしら」

あえて話題を変えると、明らかに彼はホッとしたように答えた。

「すごく良かったよ。全体的なストーリーもそうだけど、特に目を惹《ひ》いたのは心理描写かな。主人公とヒロインの二人が惹かれ合う気持ちがよく判った。冒険物としてもロマンス物としてもお勧めだと思う。ただ……」

「ただ？」

「ただ、君には少し刺激的なシーンもあるかも？」

今度悪戯《いたずら》っぽく口の端を吊り上げるのはアロイスの方だ。

意味深な笑みで挑発されたら、つい反応せずにはいられない。

「刺激的って、どんな？　血で血を洗うような残酷描写とか？　それくらいなら全然平気よ」

「君はどうも、刺激的というより過激的な思想に走りやすいみたいだね」

少々極端なセレティナの言葉にアロイスは吹き出すように笑うと、次の瞬間にはその笑みを消しておもむろに一歩彼女に近づいてきた。

今二人がいるのは、左右を書棚に挟まれた狭い通路だ。

マリアは既に閲覧席に向かっていて他に人はいなく、こんなところで接近されれば、逃げ場がない。

背を本棚に、正面をアロイスに挟まれるような格好に、思わず身を竦めた。

「……アロイス……？」

戸惑った声を漏らしながらぱちぱちと目を瞬かせるセレティナに、彼はにっこりと笑みを深める。

なんとなく意味深なその笑みに、異性に対して免疫のないセレティナでもうっすらと感じるものがあって、妙にそわそわと落ち着かない気分になった。

さりげなく逃れようとしても、行く手を遮るように彼の手が真横を塞いでくる。

これはなんだ、からかわれているのだろうか。多分きっとそうなのだろう、だとしたらあからさまに動揺して狼狽《うろた》えるのもなんだか悔しい。

「……あなたでもこういう冗談をするの？　ちょっと感心しないわよ」

「どうして冗談だと思う？　俺たちが出会ってもう二年だ。もっと君と親しくなりたいと機会を狙っていたとは思わない？」

「そんなこと……」

思わず口ごもった。

このアロイスの言動を真に受けていいのか、それともやっぱり冗談だと受け流せばいいのか、どう反応していいのか判らない。

「ティナ、こっちを見て」

知らぬうちセレティナは視線を泳がせていたらしい。

だってそうだろう、こんな時に目を合わせるなんて、ますます逃げられなくなってしまう…否、自分は今逃げたいのだろうか？

困惑したまま、ちらと視線を上げればアロイスがこちらをまっすぐに見つめている。

こうして間近で見ると、普段前髪で隠れがちな、彼の深い青の瞳の色がよく判る。

たとえるならばサファイアというよりは、ラピスラズリだろうか。

僅かに濃淡があって、星のような光が映っている。

「……あなたの瞳って、とても綺麗ね。晴れた夜の星空みたい」

こんな状況なのに自然と彼の瞳に魅入られて、思ったことが素直に口をついて出てしまった。

と、一瞬目を丸くしたアロイスの目元から頬に掛けて、みるみる赤く染まっていく。

「……ティナ。君って、結構恥ずかしいことを言うよね。ロマンス小説によく出てきそうな台詞《せりふ》だ」

「えっ。そ、そう？　そんなつもりじゃなかったのだけど……」

「無意識に男心を弄《もてあそ》ばれているようで、ちょっと複雑だ」

そんな男心を弄ぶなんて不本意だ。

「こっちからすると、私の方が弄ばれている気がするわ」

「ひどいな、弄ぶなんて」

「だって本当のことでしょ……ひゃっ！」

思わず高い声が上がりそうになったのを寸前で堪えた。

というのもアロイスが胸の前で合わせていたセレティナの手を取って、その指先に口づけてきたからだ。

ただでさえ赤く染まっていた肌が、より強く発熱したように色を深める。

今度こそ、誤魔化す術もなくあわあわと狼狽えるセレティナの初心な反応に、堪えきれなくなったようにアロイスは肩を震わせて笑い出した。

その様子に嫌というほど理解する、やっぱり自分がからかわれたのだと。

「もう、ひどいのはどっち⁉　あなたがそんなに意地悪な人だとは思わなかった！」

できるだけ声を潜めながらも、セレティナはむっとした表情で取られた手を奪い返すと、彼の胸を押して包囲網から強引に抜け出る。

その彼女の後をアロイスが追ってきた。

「意地悪をしたわけじゃないよ。ただ刺激的って意味を教えてあげようと思って」

「だったら口で説明すればいいでしょう。あなたって女の子には興味ありません、みたいな顔をしておいて意外と泣かせている人なの？」

「神に誓ってそんなことはしていない。女の子と親しくなったのは君が初めてだし、今までこんなことをした人は他にいないよ」

「本当に？　その割には随分手慣れているように見えたけど？」

話している内にだんだんと腹が立ってきて、声がさらに拗《す》ねた響きを強めていく。

しかしその怒りの大半が気恥ずかしさを誤魔化すためのものなので、機嫌悪く毛を逆立てた猫のようにしか見えない。

そのためか謝るアロイスの声もどこか軽くて、それがますますセレティナをむくれさせる。

「本当だよ、でもちょっとやりすぎたみたいだ。ごめん、ティナ。機嫌を直して」

「口先だけの謝罪ならけっこうです」

「本当に悪いと思っているよ。ただ君が可愛い反応をするから、つい」

「……あなたって、やっぱり本当は遊び人なの？」

「とんでもない。こんな野暮ったい男、誰も相手にしてくれない。本当に君が初めてだよ」

「どうかしら。見るからに軽そうな男性より、真面目そうな男性の方が、実は質《たち》が悪いって聞いたことがあるわ」

すっかりへそを曲げてしまった様子の彼女に、ようやくアロイスはまずいと感じたようだ。

つい先ほどまでの余裕のある態度は消えて、次第におろおろとし始める。

そんな彼の様子に内心少し気分が浮上する自分は案外単純な人間なのかもしれない。

「ごめん。どうしたら機嫌を直してくれる？」

「さあどうしたらいいのかしらね」

つーん、と顔を背けながらも横目でちらと盗み見れば、今度はアロイスの方が叱られた犬が耳を伏せ、尻尾をたれているかのようにしょんぼりしている。

そんなふうに見えてしまうと、いつまでもそっぽを向いている気にもなれなくなって、気がつくと、

「ふふっ」

と小さな笑い声が漏れてしまった。

「そうね、じゃあお詫《わ》びに一つお願いを聞いてくれる？」

「内容にもよるけど、俺にできることなら」

何でも言うことを聞く、と言わないところが彼の真面目な性格を表しているようだ。

もっとも本当に真面目な人が、あんなからかい方をしてくるだろうか、と考えると少しだけ疑問符がつくのだが、今は目を瞑ってあげよう。

「来週、王都の中通りに市が立つのですって。それぞれの家庭で不要品を持ち寄ったり、遠くから来た商人が出店を開いたり、結構賑《にぎ》やかにやるみたいで。……よかったら一緒に行ってくれない？」

それは毎年この時期に、三日間通して開かれる催し物だ。

でもその市にセレティナが実際に行ったことはない。

いくら両親からある程度の自由を許されているとはいえ、一応は侯爵令嬢である。

「……俺と一緒に？」

「ええ。ずっと興味があったのだけど、一人で行くのは駄目だって言われていて。でも見るからにお目付役と同行だと、周りから浮いてしまうでしょう？　友人とだったら目立たずに済むかしらって……ただ、あの……都合が悪いなら……その、無理にとは言わないけど」

言い訳っぽい言葉を口にしながら、最後は少し口ごもってしまった。

言ってしまってから、少し調子に乗りすぎたかもしれない、と急に不安になる。

セレティナは彼のことを友人だと思っているが、考えてみればこれまで自分たちが会うのは図書館のみだ。

待ち合わせたことも外に出たこともなければ、次の予定を確認したことだってない。

またセレティナを急に消極的にさせたのは、これまで気にしないようにしていたつもりでも、知らぬうちに毒のように染みこんだ、人々の陰口である。

身の程も弁えずに、調子に乗るなんて、なんて迷惑な……と、ありもしない声が聞こえたような気がしてしまった。

「……あの、やっぱり止め……」

「いいよ」

自分で自分の提案を引っ込めようとした時、その言葉に覆《おお》い被《かぶ》せるように彼の声が聞こえた。

知らぬうち俯《うつむ》きがちになっていた顔を上げれば、先ほど自分がラピスラズリのようだと表現した彼の青い瞳がこちらを見ていて、気恥ずかしそうに、だけど嬉《うれ》しそうに細められている。

ぱちぱちと目を瞬かせるセレティナに、彼はもう一度、はっきりと告げる。

「俺でよければ喜んで。誘ってくれて嬉しいよ」

じわっと頬に熱が上る。

彼と知り合ってからそろそろ二年、初めて約束を交わした。

それは同時にセレティナにとって、家族や屋敷の人間以外の人と初めて交わした約束でもあった。

その日の帰りの馬車の中。

「……ねえ、マリア。私、最近ちょっとおかしいの。前ほど物語に集中できないのよ」

ぽつりと呟くセレティナに、マリアが微笑む。

「何もおかしなことはないと思います。むしろお年頃の女性らしくて結構だと思います」

どこか微笑ましそうな様子のマリアは、なんだかセレティナよりも気付いていることが多そうだ。

「アロイスとの外出を、お父様やお母様は許してくださるかしら……」

「ちゃんとご説明なされば大丈夫だと思いますよ。私の目にも信用できる方だと思いますと、助言させていただきます。お嬢様のお相手に、きっとお認めいただけますよ」

お相手、という言葉にまたも頬が熱くなった。

その一言に込められたものがどういった意味であるかを理解したからだ。

そもそも図書館で出会うアロイスとのことは、マリアから両親に既に報告されているだろう。

親しくしている青年がいると知っていて、外出を禁じることなく静観してくれているのは、両親もその可能性を考慮しているということなのだろうか。

「でも、お相手なんて、そんな……気が早すぎるでしょう？　それに彼とはただの友人よ」

「そうですか？　私の目にはそうは映りません。それに、今のご自身のお顔を鏡でご覧になることをお勧めします」

「……変な顔をしている？」

「いいえ、とても可愛らしいお顔ですよ」

はっきりと言い切られて、それ以上何も言えなくなった。

その日の帰宅後、セレティナは約束した市への外出の許可を、父と母に申し出た。

駄目と言われたらどうしようかと内心ハラハラしていたけれど、許可は意外にあっさりと下りた。

「その青年は信頼できる人なんだね？　お前の目から見てどうだい、マリア」

「はい。既にご報告のとおり、人柄に問題はないと思います。少なくともお嬢様を無闇に傷つけるような方ではないと」

「そうか。なら、気をつけて行っておいで。ただし日が暮れる前には、必ず帰ってくるのだよ」

マリアへの、父の信頼は深い。

きっと彼女が認めてくれなくては、父も母も肯《うなず》いてくれなかっただろう。

「ありがとう、マリア」

「いいえ。お嬢様のお友達との初めての外出ですもの。当日はとびきり可愛らしくして、驚かせて差し上げましょう」

「……褒めてくれるかしら？」

「もちろんですとも。逆に自分のために着飾った女性に褒め言葉一つ口にできないような野暮な男性は、お嬢様のお相手として私が認めません」

なんだかマリアに妙な気合いが入ってしまったようだが、応援してくれているのは判る。

それに両親も、本来なら素性《すじょう》も判らない青年との外出など認められるはずがないのに、それでも許可してくれたのは、娘を信じ、その気持ちに配慮してのことだ。

「正式にお付き合いをする時には、ちゃんと紹介してちょうだいね？」

そう言って母は笑った、顔を真っ赤に染めて俯いた娘の反応を愛《め》でるように。


翌週の約束当日。

晴天に恵まれた青空の下、先に待ち合わせ場所に到着していたアロイスは、華やかな若い娘らしい色を身に纏って現れたセレティナの姿にすぐに気付いたらしい。

いつもの落ち着いた色合いとは違う、明るいパステルイエローの生地に小花の造花の飾りがあしらわれたワンピース姿の彼女に、一瞬目を見張り、それから目を細めて笑った。

「いつもと雰囲気が違って、少し驚いたよ。でも……うん、よく似合っていて可愛い。俺のために着飾ってきてくれたなら、もっと嬉しいんだけど」

もちろんあなたのためよ、と言えるほどにはセレティナにはまだ恋に免疫がない。

代わりにこう答えた。

「……ありがとう。あなたも、似合っているわ。いつもより、ちょっとだけ素敵」

「ちょっとだけなの？　結構頑張ったつもりなんだけどな」

確かにアロイスも普段図書館で見かけるよりも、かしこまった格好をしている。

色は落ち着いたセピアだが襟元や袖には少し凝った刺繍《ししゅう》が縁取られて、パリッと質の良い生地を使っている。

身体のサイズに合った服装は普段は目立たない彼のすらりとした肢体を際立たせるようだ。

周囲の雰囲気に浮くほど派手ではないけれど、セレティナの隣で彼女に恥をかかせないように、頑張ってくれたのだろう。

「冗談よ。……素敵よ、とても」

なんとなく気恥ずかしいような、落ち着かないような独特の空気が流れた。

待ち合わせ場所まで付き添ってきたマリアがなんとも言えない生温かい眼差しを向ける中、場の雰囲気を誤魔化すようにアロイスが短く咳払《せきばら》いをした。

「では、ティナをお預かりします。夕方にまたここに戻ってきます」

「はい。お嬢様をどうぞよろしくお願いいたします。お二人とも、楽しんでいらしてくださいね」

マリアの笑顔に見送られて、アロイスと共に市見物と王都の散策が始まった。

今まで出かけたことのある場所は図書館が殆どだ。

たまに買い物で雑貨や等に立ち寄ったことはあるが、こうしてじっくりとあちこちを見て回った経験はない。

市に合わせて飾られた王都の風景に目を輝かせながら、自然とセレティナの足取りは軽くなる。

「今日は何か目当ての物はある？」

「実はどんなものがあるのかもよく判っていないの。ぶらぶら見て回りたいと言ったら迷惑？」

「とんでもない。満足するまでお供しますよ、お嬢様」

普段の彼らしくない気取った台詞と共に片肘を差し出されて思わず笑ってしまった。

でも、なんだかそんな仕草が今の彼にはやけにさまになっている。

そっと彼の肘に手を回して身を寄せた。

こんなふうに身内以外の男性にエスコートしてもらうなんて初めての経験で、少しだけ緊張するけれど、自分だけではなく彼も少し緊張している様子なのは悪くない。

「アロイス。あなたって、何か身体を鍛えるようなことをしている？　思ったより随分がっしりした感じがするわ」

図書館に通い詰めているから、てっきり文系かと思っていたが、服の上からでも彼の腕が筋肉で引き締まっているのが判る。

そういえば以前、悪戯で書棚に追い詰められた時も、彼の囲いの中から逃げ出せなかった。

あの時は男女の体格差のせいかと思ったが、触れた腕の固い感触は確かだ。

素朴なセレティナの疑問に、彼は一瞬目を丸くし、それからにんまりと笑った。

「本ばかり読んでいる優男だって思っていた？　まあ、それなりに鍛えてはいるよ、一応は。これでも、そこそこ使える腕はあるんだよ。君の護衛ができる程度にはね。見直した？」

「そうね、できることが多いのはいいことだと思うわ」

「でも大胆だな、俺の身体を物色するなんて」

「なっ、へ、へんな言い方をしないで！　ただ、ちょっとその、意外に思っただけよ」

どうも親しくなるにつれて、だんだんからかわれる頻度が増えてきたようだ。

多分セレティナの、どこかつんとしていながらも、いちいち初心《うぶ》な反応を楽しんでいるのだろう。

今も頬を赤くしながらむくれる彼女にアロイスは楽しげに肩を揺らした。

そして不意に彼女の耳元に唇を寄せると、囁くように告げる。

「実は俺も、君が思った以上に小さくて、柔らかくて、いい匂いがするなって思っていた」

「えっ……」

思わず、頬といわず首筋から耳まで真っ赤に肌を染めたセレティナの、彼の腕に掛けた手が緩んでしまう。

直後、彼の口元がピクピクと、明らかに笑いを堪えるように引きつっていることに気付いて、セレティナはスッと目を据わらせると緩み掛けた手に思い切り力を込めて握りしめる。

ついでに逆の手で彼の上腕部をつねって「痛い痛い」と悲鳴を上げさせるのに成功するのだった。

そんなやりとりを行いながら辿《たど》り着《つ》いた中通りでは、その入り口から終わりが見えないくらいにまで露店が並んでいた。

「すごい人……」

噂には聞いていたけれど、都の人間はもちろん、商人、旅人、教会の前ではシスターや子ども達が手作りの品を並べ、多くの人々がその露店の前で足を止めては商品や料理を眺めている。

どれもこれも、セレティナには初めて見る光景だ。

皆、笑い、語らい、時に歌っている。

大勢の人々がダンスやお喋りに興じている姿は、見慣れているけれど、社交界とは違う温かな人々の集いがそこにある。

「何か欲しいものがあれば、教えて。記念にプレゼントするよ」

「そんな」

気を遣ってくれなくてもいい、一緒に来てくれただけで嬉しいと言いかけた言葉を呑み込んだ。

言うべき言葉はそんなものではない、と彼の様子で気付いたからだ。

気を遣ったのではない、社交辞令でもない……ただ、アロイスは自分を喜ばせようとしてくれているだけ。

ここで断っては、彼の好意まで断ることになってしまう。

だから、肯《うなず》いた。

多分それで正解だったはずだ。

だって彼は、今日一番の笑顔を見せてくれたから。

そんなアロイスと共に市を回ってどれくらいの時間が過ぎただろう。

「……これ、綺麗」

とある露店に飾られていた髪飾りの前で、セレティナが足を止めた。

銀で作られた繊細な花の形をかたどった飾りはそれだけでも職人が手を掛けた細工だと判るが、セレティナが何より目を惹かれたのは三つ並んだ花の中央にそれぞれ填《は》められた青い石である。

その青い石はアロイスの瞳とよく似ている。

「これはお目が高い。どうだい、兄さん。ここは可愛い恋人に、男を見せるところなんじゃないかい？」

恋人、の一言に思わずドキリとした。

頭ではそれが店の主人のセールストークであることは判っているのに、つい反応してしまうのはセレティナがアロイスをそんな対象として意識してるからだ。

「商売が上手《うま》いな。じゃあ、その髪飾りをもらおう。包んでもらえるかい？」

「もちろん包装もできるけどね。兄さん、一つアドバイスするならこういう時はもっと上手い渡し方がある。お嬢さんの、その綺麗な黒髪に飾られたところをすぐに見たくないかい？」

それはつまり、包んで渡すより自ら髪に挿《さ》してやれと言っているのだとセレティナにも判った。

見れば主人の後ろでは、その妻と思える女性がにこにこと微笑ましそうに笑っている。

一瞬アロイスは、えっ、と驚き目元を赤らめたけれど、周囲の人々の間から励ますような声が聞こえてくると、気恥ずかしそうに首の後ろを掻《か》きながらも髪飾りを受け取り、そっとセレティナの髪を

崩さないように挿してくれた。

「……似合う？」

「……うん。とても。青い石が、本当によく似合うよ」

はにかみながら告げてくれたその言葉を、自分に都合良く受け取ってもいいだろうか。

「……ありがとう、その……嬉しいわ」

周りから、わっと先ほど以上にはやし立てるような声が上がった。おかげで二人そそくさと逃げ出すように店の前から離れなくてはならなかったが、以降アロイスの瞳と同じ色の石、ラピスラズリの髪飾りがセレティナの黒髪を彩っている。

「そろそろ一度、どこかで休憩しようか。歩き疲れてくるころじゃないかな」

「そうね。できれば少し座りたいわ」

「向こうにオープンテラスがあったよ。休憩ついでに食事にしよう」

目当ての店に向かって、二人が中央広場の脇を通り抜けようとした時だ。

広場に建てられた大きな天幕の前から音楽が流れてきて、人々の足を止めさせる。

何かと振り返れば、人々の注目を浴びて一人の男が客引きの口上を始めたところだった。

「さあさあ、どうぞご覧ください。今も昔も、人を狂わせるのは男女の情。若き王子と心優しき令嬢の美しき恋物語だよ‼」

どうやらその天幕ではちょっとした演劇が行われるらしい。

客の入りは上々で、今も若い男女のカップルが一組、二組と入り口から中へ吸い込まれていく姿を見かける。

セレティナの顔からそれまで浮かんでいた笑みに陰《かげ》りが生まれたのは、その天幕の入り口に大々的に掛けられた演目を記す看板を見上げた時だ。

（……せっかくいい気分だったのに）

それは庶民の間で人気とされる物語が元となった演劇だ。

簡単に言えば王子が下級貴族令嬢のヒロインを見初め、それまで婚約していた高位貴族令嬢の罪を暴き断罪した上で、身分の低い令嬢との恋を成就させる内容である。

この物語が最初に世に出たのは、今から二十数年前……そう、セレティナの母イザベラが王太子に婚約破棄されたことが世間に広まった、あの出来事の後だ。

それまでにも似た物語が流行っていたけれど、この演劇の原作は明らかに王太子とその恋人、そして無様に捨てられたイザベラをモデルにしたものだと有名だ。

流行に乗った物語はあっという間にベストセラーとなって、歌になり、演劇になり、詩になって広まった。

その陰でモデルとされた令嬢がどれほど泣いていたかも知らないで。

「ティナ。芝居を観ていきたいのかい？　入ろうか？」

セレティナがあまりに看板を凝視していたからだろう。

観たいのなら付き合うといわんばかりのアロイスだが、その顔を見るとあまり気が進まない様子だ。

セレティナが首を横に振ると、彼は明らかにホッとしたように肩の力を抜いた。

「こういうお話、好きじゃないの？」

「……そうだね、悪いけど、あまり好きじゃないな。でも女性には人気があるんだろう？」

「好きな人は多いみたいだけど……私は、大嫌い」

はっきりと大嫌いだと言い切ったセレティナの強い言葉に、アロイスは意外そうに目を丸くする。

女性ならばもれなく好きだと、そんなふうに思っていたのかもしれないけれど違う。

「一見、身分違いや障害を乗り越えたドラマチックな恋物語なのでしょうけど……主人公達のしていることって、結局不貞行為でしょう？　それもものすごく悪趣味な」

確かに物語の中で悪役の令嬢はヒロインに嫌がらせをしたかもしれない。

でも、彼女をそんな行動に走らせた原因は、主人公カップルのせいだ。

将来を約束した自分の婚約者が他の異性と親しくしている姿を見せられて心穏やかでいられる者がどれほどいるのだ。

「王子はそんなに相手が好きなら自分の婚約者に謝罪と筋を通すべきだったし、ヒロインも自分の行動の結果で傷つける人がいることを自覚すべきじゃない？　挙げ句に、浮気されて傷つけられた側がなぜ、大勢の人の前で断罪されなくてはならないの？」

婚約者を奪われ名誉までズタズタに引き裂かれて、嘆く悪役令嬢の心をどうして誰も配慮しないのだろう。

「人を完膚なきまでに傷つけておいて、自分たちは運命の恋だと浮かれてハッピーエンドなんて……納得できない」

そこまで言って、ハッとした。

少し感情が入りすぎていたことに気付いたからだ。

「あの……ただ、これは個人的な感想だから……」

気まずくなって誤魔化そうとした時だ。

「そうだね。君の言うとおりだと思う」

返ってきた言葉に息を呑んだ。生真面目な顔をして、アロイスは告げる。

「王子もヒロインも不誠実な上に残酷だ。こんな行いで他者を傷つけてしまう二人だから、幸せなエンディングを迎えても、案外その幸せは長く続かないかもしれないね」

どこか確信と自嘲を込めているように聞こえたのは気のせいだろうか？

だが、彼のその言葉に内心ホッとした。

たとえ彼が物語のことを言っているのだとしても、同意してくれたことが嬉しかった。

楽しい時間は瞬く間に過ぎた。休憩と食事を済ませ、再び店を冷やかし、旅芸人の歌や踊りを楽しみ……そして、約束通り夕刻にマリアの迎えと共に、一日が終わる。

「今日はありがとう。一日を君と過ごせて、本当に楽しかった」

「私の方こそ。楽しかったわ、ありがとう」

「今度は俺の方から誘ってもいいかな？　今日行けなかったところがまだまだある。君と一緒に行ってみたい」

「ええ、もちろん。お誘いを楽しみにしているわね」

嘘偽りのない本心だった。

別れ際に互いに手を振る仕草がぎこちなくも初々しくて、セレティナの胸を熱くした。

また、こんなふうに出かけられるといい。

ずっと、一緒にいられたら嬉しい。

願う気持ちが繋《つな》がるように、二人の関係はその後も続くのだった。


「ティナ。こっちだよ」

「アロイス」

季節は流れて、夏が終わりへと近づき秋の気配を感じ始める頃にはセレティナとアロイスの二人はより確実に会えるようにと、次の約束を交わすようになっていた。

といってもそれほど厳格な約束ではない。

次はいつ図書館に来れそうだから、都合が合ったら会おう、と日時を知らせる程度のことだ。

もちろん直前で予定が変わって行けなくなってしまうこともあるし、会えてもすぐに帰らなくてはならないこともある。

そんな時もある、都合が悪くなってしまったら仕方ないという、比較的緩いものである。

それでも約束通りに会うことができると、ほぼ同じ時間を過ごすようになった。

この日もそうだ。

「隣のカフェに昼食に行かない？　ごちそうするよ」

「本当？　じゃあ一番高いものを食べようかしら」

「いいよ。好きなものをどうぞ。マリアさんも一緒にいきましょう」

アロイスに好感を持つ理由の一つが、彼は決して供にいるマリアを粗雑に扱わないことだ。

セレティナを誘う時、必ず一緒にいるマリアにも声を掛けてくれる。

貴族の多くは、こうして使用人である付き人を一緒に食事に誘うことはしない。

もちろん貴族社会ではそれが当たり前なのだが、これまで様々な場面でマリアをはじめとした屋敷の使用人達に支えられてきたことを実感しているセレティナには、彼女にも配慮してくれるアロイスの気遣いは素直に嬉しい。

「はい、お言葉に甘えさせていただきます」

そしてマリアも最初こそは遠慮していたけれど、繰り返し当たり前のように誘ってもらえると次第に素直に受け入れるようになっていた。

三人は図書館の隣に併設されたカフェテリアへ移動すると、メニューを開き、あれはこれはと他愛《たあい》ない お喋りを交わす。

「今日のお茶は、イチゴのフレーバーティがお勧めみたい。私はこれとサンドイッチにするわ。アロイスは？」

「俺はコーヒーとキッシュのセットがいいな。ティナはフレーバーティが好きなの？」

「香りが好きなの。甘くて良い匂いは幸せに感じるでしょう？」

程なくティポットに入ったお茶が運ばれてくると、甘い香りに自然と笑みが零《こぼ》れる。

マリアにカップに注いでもらいながら、その香りを堪能するセレティナをアロイスが優しい眼差しで見つめていた。

「今年は……王都にはいつまでいるのかな」

ポツリとアロイスが尋ねたのは、食後のデザートが運ばれてきた後だ。

これまでの付き合いでセレティナが秋から冬にかけては王都を離れるということはアロイスも知っている。

シーズンを終え、領地に帰るのだ。

そして春になってまた新たなシーズンを迎えるまで、二人が会う機会はない。

「そうね……あと一週間くらいかしら。だから多分、図書館に来られるのは今日が最後ね。あなたと会えるのも、また来年になっちゃうわね」

正直なところ、毎年早く領地に戻りたくて仕方なかった。

セレティナにとって社交シーズンの貴族の務めは苦痛ばかりで、楽しい経験が一つもない。

けれど今は王都を離れるのが少しだけ辛いと感じ始めている。

もちろん社交界に未練があるのではなく、アロイスと会えなくなることが寂しいのだ。

「来年……来年か。なんだか随分先のことに思えてしまうな」

「あら。私と会えなくなることがそんなに寂しい？」

セレティナとしてはちょっとした冗談のつもりだった。

アロイスも笑って茶化《ちゃか》して、おしまいになるくらいの。

「寂しいよ。……すごく」

けれど返ってきた言葉は想像以上に実感がこもっていて、彼の長い前髪の下からまっすぐにこちらを見つめる青い瞳は真剣そのもの。

本気でしばらく会えなくなることを残念に思い、寂しがってくれていると判る眼差しに、じんわりと熱くなる心を止めることはできそうにない。

「……私だって、寂しいわ」

ポツリと呟く言葉が、じわじわと胸の内を満たしていく。

寂しい、そう、本当に寂しい。王都を離れる日を思うだけでこんなに寂しいと感じる日がくるなんて、今まで想像したこともなかったのに。

けれどセレティナ一人王都に残るわけにはいかない、せめて離れている間も何らかの繋がりが得られればいいのにと考えた思いが伝わったのか、マリアが口を開いたのはその時だった。

「では、お手紙のやりとりなどはいかがですか？」

「えっ。でも……」

それはセレティナも考えたことだが、手紙のやりとりをするには自分がどこの家の者か話さなくてはいけないし、アロイスからも教えてもらわなくてはならない。

お互いになんとなくわけありだと感じるからこそ、諦めたことだ。

そんなセレティナに微笑んで、マリアは告げた。

「王都にいる私の家族を介して行えば、手紙のやりとりは可能です。お嬢様への手紙は私に転送してもらえればいいですし、アロイス様の手紙は手渡しでもいいでしょう？」

「それはありがたいですが、ご家族に迷惑では……」

「小銭程度の手間賃を渡してやれば十分ですわ。どのみち私も実家とは手紙のやりとりをしますし、私の奉公先を詮索しないと約束していただければ問題ありません」

セレティナは無言でアロイスと視線を合わせた。

先に肯いたのはどちらだろう……迷ったけれどマリアのその提案はあまりにも魅力的で、断るなんてできそうにない。

「じゃあ、お言葉に甘えてもいい？」

問えばマリアは笑顔で頷《うなず》いてくれる。

おかげで冬の間もアロイスと何らかの関わりを持てることになって、それ自体は嬉しい。

だけど……やっぱり、直接会うことができなくなるのは寂しい。

「それじゃあ、また来年の春にね。それまで元気で、アロイス」

「……うん、ティナも」

別れの挨拶を告げる二人は、けれどすぐに背を向けることができなかった。

「馬車を呼んで参ります」

察したマリアが、そっと席を外してくれる。

二人きり、向かい合いながら手を伸ばしたのはどちらが先だっただろう。

自分よりも一回りも二回りも大きな手の平に、そっと手を包み込まれてじんわりと頬が熱くなる。

軽く握りしめるその力に応じるように握り返し、二人はしばらくの間そうして互いの手を取ったままその温《ぬく》もりを手放すことができなかった。


こうして二人の交流は領地へ帰っても、文通という形で続いた。

アロイスからの手紙は十日に一度セレティナの元へ届く。

こちらからの返事も、同じペースで。

直接顔を見ることができないのは相変わらず寂しいけれど、手紙では直接顔を合わせている時よりも少しだけ素直になれた。

きっとそれはアロイスも同じだっただろう。

『長い冬がもどかしい。早く春になればいいのに』

彼からの手紙に使用されているのは真っ白な何の変哲もない便せんだけれど、そこに書き記された文字は、そしてその文字が綴《つづ》る言葉は一つ一つがセレティナにとって大切な宝物となる。

できることなら毎日だって手紙を書きたい。

でもマリアの実家にあまり負担をかけるわけにはいかないから、十日の間胸の内にためた言葉を一つ一つ書き綴る。

『春になったら、すぐに王都へ戻るわ。また、あの図書館で会いましょう。それまでにお勧めの本を探しておいて。どちらがたくさん見つけられるか勝負しましょう？』

『じゃあ勝ったら何かご褒美がもらえるんだよね？　いいよ、君が驚くくらいたくさんの面白い本を見つけておくから』

文字を見ればその人の育ちや教養が判るというが、きっとそれは本当だろう。

アロイスの文字は丁寧でお手本のように美しく、彼が確かな教育を受けた人であることが伝わってくる。

それでいて彼の癖なのだろう。

ａの文字の尻尾が、少しくるっと丸まっているのがなんとなく可愛らしい。

律儀に十日に一度の手紙の到着する日が近づくたびにセレティナはいつもそわそわとしてしまう。もちろん郵便なので天候や交通の影響で一日、二日前後することがあるけれど、遅れようものならひどく落ち着かずに窓の外を何度も眺めては屋敷に届けられる配達を待ち望む娘の姿には、両親も苦笑するくらいだ。

「姉様は、誰とお手紙のやりとりをしているのですか？」

あまりにも落ち着きがないせいか、幼い弟のセスランにまで疑問に思われて、誤魔化すのに苦労する始末だ。

「えっ、ええと……お友達とよ」

「お友達？　なんて書いてあるんですか？　僕にも見せてください」

「ええっ？　だ、駄目よそれは！」

好奇心旺盛に瞳を輝かせながらねだる弟のお願いは何でも聞いてやりたくなるけれど、これは駄目だと反射的に拒絶してしまった途端に、セスランの目がうるっと潤む。

「あの、大事なお手紙だから……」

今にも泣き出しそうな弟を宥めてくれたのは母だった。

「駄目よ、セス。お手紙はたとえ家族でも、許しなく見てはいけないの。セスだって秘密のお手紙を勝手に見られたら嫌でしょう？」

手の仕草だけで合図してくれる母に甘えて弟を任せ、部屋に戻ったセレティナの元へマリアが待ちかねた手紙を届けてくれたのはその一時間ほど後のことだ。

早く読んでしまいたいような、もったいなくて読めないような、なんとも言えない感情を抱きながら奇妙なくらい丁寧に封を切り、便せんを開いた。

『親愛なるティナへ』

既に見慣れた、彼の文字で綴られた自分の名を見るだけでセレティナの胸はドキドキと高鳴る。

書いてあることはなんてことのない日常話だ。

どんなことがあったとか、どんな本が入荷しただとか他愛ない話題の中に、

『君が好きそうな本が……』

とか、

『物語のヒロインが、君にちょっと似ている』

だとか、彼の話題の中に自分の存在を感じるだけでどうしようもなく嬉しくなる。

穏やかで、幸せで、嬉しくて、でもちょっともどかしくて、初めての恋に足下がふわふわと浮ついて落ち着かない気分だ。

手紙から彼の姿が頭に浮かび、声が蘇《よみがえ》る。

高すぎず、低すぎず、優しい穏やかな声……恋しくて、切なくて、会いたくて堪《たま》らない。

その想《おも》いが溢れるように、繰り返される手紙の内容は少しずつ、確実に熱を帯びたものに変わって

いった。

それはセレティナだけでなく、アロイスも。

『君に会いたい。君の声が聞きたい、その綺麗な瞳を見て、話がしたい。今すぐ君の元へ行ければいいのに』

『時々あなたの夢を見るの。たくさん話ができて楽しかったのに、目が覚めて夢だと判るととても寂しくなる。そんな日は一日ずっと気持ちが落ち込んでしまうのよ。本当に、今すぐあなたに会えればいいのに』

年が明け、冬も終わりに近づく頃には二人の手紙は恋人同士の恋文といっても過言ではないほどの恋しさが溢れる想いが綴られるようになっていた。

愛の言葉こそ書いてはいないけれど、文章を読めばその気持ちははっきりと伝わる。

あるいはそれは、そうであって欲しいというこちらの願いだったのかもしれないけれど、離れていればいるほど日増しに想いは募って、もう胸の内に収めておくことが難しくなっていた。

『来月の第二週に、王都へ戻ることが決まったの。着いたらすぐに図書館へ行くわ。その時に会えるかしら？会えたら、あなたに話したいことがあるの』

勘違いかもしれない。

自意識過剰かもしれない……それでももう秘めていることの方が辛くなってしまったから、次に会えた時にはありったけの勇気を奮い立たせて、この気持ちを彼に伝えようと、そう決めた。

すると、きっと手紙を受け取ってすぐにペンを取ったのだろう。

十日という暗黙のルールを破るように早くに手紙が届いて、そこにはもどかしげな返事が書かれていた。

『もちろん待っているよ。その時に、俺も君に話したいことがある。大切な話なんだ、まずは先に俺から話すことを聞いて欲しい……』

その大切な話とはなにか、この流れで全く想像がつかないほどセレティナも鈍くはないつもりだ。

自分はアロイスに惹かれていて、そしてうぬぼれでなければ多分彼も同じ気持ちを抱いてくれている。

きっと彼もセレティナが何を言いたいのかを察して、女性から言わせるよりも自分が先にきちんと伝えたい、と思ってくれたのだと思う。

春になって、彼に再会して……望む言葉を聞かせてくれたら、自分の素性を打ち明けよう。

そして、それでもいいと言ってくれたら、両親に彼を紹介しよう。

全く不安がないわけではないけれど、彼ならばきっと大丈夫、セレティナの全てを受け止めてくれるはず。

きっとそうだ、そうであってくれたらいい。

もう間もなく訪れる春、自分たちの関係は大きく変わる。

確信めいた想いは、正しく現実となった。

その日が来て、王都へ到着するなり王立図書館へ向かったセレティナは約束通り、アロイスと再会を果たした。

彼は言った。

「離れている間、君のことを考えない日はなかった。君がどうしようもなく好きだ。俺と結婚してほしい」

願っていたその想いは叶えられた。

ただし、半分だけ。

「ずっと、君に言えなかったことがある。俺の本当の名は、アリオス・フィッツラルド。この国の王子だ」

残り半分の願いは、無残に砕かれる。

待ち望んでいた求婚を受けたはずなのに、続いた彼の言葉でセレティナは自分の心が奈落の底へと突き落とされるような、そんな気がした。

第二章　この世で一番大嫌いな男の息子

王太子、フリッツの存在はセレティナにとって、まるで呪いのようだった。

どんなに関わりたくなくても自分の人生にしつこく纏《まと》わり付《つ》き、やっと手に入れられると思った小さな幸せも根元から刈り取って、代わりに絶望という名の楔《くさび》を打ち込んでくる。

命ある限り逃がさない、どこまで行っても追いかけてお前達を不幸にしてやると言わんばかりに。

「打ち明けられなくて、本当にごめん。でも素性を知られたら、今までのようには付き合ってはもらえなくなるかもしれないと思うと、どうしても言えなくて。でも王子といっても第二王子だし、上には優秀な兄がいるから王位を継ぐことはまずない」

多分、セレティナの顔が完全に強ばっていたからだろう。

紙のように白くなったその顔色を見て、アロイス改め、王子アリオスは慌てて言葉を重ねてくる。

「身分のことはそんなに心配しなくていい。俺の勘違いでなければ、君も身分ある家の令嬢だろう？　ある程度の爵位があれば問題ないし……もし足りなくても、君を養女として受け入れてくれる家の目星はついている。君さえ肯いてくれるなら、祖父や両親は俺が必ず説得すると約束する」

「………」

「気負うな、と言っても難しいだろうけど、君のことは必ず守る。だからどうか肯いてくれないだろうか」

アリオスが言葉を並べている間、セレティナは一言も口を利かなかった。

求婚された瞬間は確かに喜びで目を輝かせたはずなのに、王子だと素性を明かされた途端に強ばった表情のまま黙り込んでしまったセレティナの反応は、彼を不安にさせるばかりだろう。

だが今のセレティナはそのことを気遣ってやれる余裕もない。

「……頼む、ティナ。何でもいい、何か言ってくれないか」

不穏なセレティナの様子に、アリオスが縋るように見つめてくる。

いつもなら綺麗だと見惚《みほ》れるそのラピスラズリの瞳を、今はどうしてもまっすぐに見返すことができなかった。

（アロイスが、アリオス第二王子殿下？　どうして王子が素性を隠して王立図書館に？　ううん、そんなことはどうでもいい。そんなことより……）

それなりの家の息子かもしれないとは、薄々勘づいてはいた。

彼は身分を隠していても、その仕草や振る舞いはもちろん、彼の書く文字にも品があったし、それは自然に身につけられるものではなく、幼い頃からきちんと教育を受けている人のものだ。

おそらく彼がセレティナを貴族の令嬢ではと思ったのも同じ理由だろう。

だけど、だからって王子だなんて……いや、違う。

本当はもしかしたらと思ったことがあった。その声が、年頃が、背格好が似ていると。

気付こうと思えば気付けたかもしれない。でもそんなはずがないとあえて知らぬふりをしたのはセレティナ自身だ。

自分が素性を隠していたように、きっと彼にも何か理由があったのだろう。

そう思う、思うけれど。

どうして、よりにもよってあの男の息子なのだろう。

王子でさえなかったら、彼がどんな身分の青年だって構わなかったのに。

「…………ティナ、頼む」

「私の名は」

声が震えた。

こみ上げてくる感情を懸命に抑えようとするけれど、どうしても手足が震えて止められない。

アリオスが一言も自分の言葉を逃さぬようにと耳を傾けているのが判る。

ああ、どうして。

心の中に広がる、重く深い絶望を抱きながら、掠《かす》れそうになる声を懸命に押し出した。

「……私の本当の名は、セレティナ・イクラムと申します」

「……イクラム？」

「はい。殿下もよくご存じですよね？　私の父はイクラム侯爵、ロジャーズ。そして……母は、イザベラ」

今度言葉を失うのはアリオスの方だ。

名を名乗っただけで全てを察し、セレティナに負けないほど顔を強ばらせていく彼から目を伏せたまま笑う。

引きつって、歪《ゆが》んで、今にも泣き出しそうな笑みで。

「……昨年の夜会のことを覚えていらっしゃいますか?」

「えっ」

「あなたと図書館で会って……とても嫌なことがあった、とお話した前夜のことです。あなたに、助けていただきましたね。あの時は満足のお礼も言えませんでしたが、ありがとうございました」

どうしてだろう、礼を述べているというのにその言葉が白々しい。

「……それは……」

「我がイクラム家は、もう随分長い間王太子殿下の不興を買い続け、苦しい立場に追いやられていました。でもあの夜会での出来事は、これまで以上にひどかった」

「……止めてくれ、ティナ」

アリオスがひどく苦しげな声を漏らす。

その表情でアリオスもあの夜の出来事を思い出したのだと判る。

あの夜会でも、セレティナは周囲に嘲笑われることを覚悟の上で両親と共に夜会に出席した。

いつものように黙って壁の花となり、大人しく時間が過ぎるのを待つ……そのつもりだった。

けれどあの夜は王太子の方が放っておいてくれなかった。

彼はわざわざセレティナの元へやってきた、そして。

「あの夜、あなたのお父様は私にこう仰いました」

思い出したくもない忌まわしい記憶。

『そなたも年頃の娘なのにろくな相手も見つからず気の毒だ。毒花であっても花は花、ただ枯れさせるのも哀れだから、自分に従うというのなら侍《はべ》らせてやる』

まだ十八になったばかりの令嬢に、親と変わりない年齢の、それも長い間自分たちを苦しめ続けてきた男の愛妾《あいしょう》になれと迫ったのだ。

目の前が真っ暗になるのと同時に、大きな恐怖を抱いた。

いくら両親が気に入らないからといって、そこまでするのかと。

顔色をなくして震えるセレティナを、王太子はニヤニヤと嗜虐《しぎゃく》的な笑みを浮かべて見つめていたから。

……あの顔を忘れられない。

アリオスはそんな父親の発言を知っている。

何しろあの場で王太子を冗談にしては質が悪すぎる、と諫《いさ》めてくれたのは第二王子のアリオスだったから。

そうでなければセレティナはとっくに王太子の寝室へ放り込まれて、無残に純潔を散らされるばかりか女として恥辱の限りを味わう羽目になっていただろう。

そういった意味では、アリオスに感謝している。

(そういえば翌日私と会った時、彼も嫌なことがあったと言っていた。もしかしたらその原因は私と同じだったのかもしれない……もっと早く、気づけていたら……)

セレティナは王子達の顔を知らない。

進んで関わりたいとは思っていなかったし、いつだって彼ら王族の前に出る時には深く頭を下げ、じっとその時が終わるのを待つばかりだったから。

アリオスもこちらに話しかけてくることはなかった。

あの夜会が例外だったのだ。

あの時、声で気づけていたら、セレティナはその時点でアロイスと距離を取った。

多分まだギリギリ、引ける時期だったと思う。

けれど今は……悔いてももう遅い。

一つ、浅い呼吸をする……そして懸命に声を押し出す。

「……私は殿下のお申し出を、お受けすることができません」

無言でアリオスが片手で口元を覆う。

その手の内側で噛みしめたのは、うめき声だろうか、それとも呪いの言葉だろうか。

「お気持ちだけ、頂戴いたします。ですが……」

終わりにしましょう、と、最後までは言えなかった。

口にすれば、本当に全てが終わってしまうようで、言葉が喉の奥に張り付いて出てこない。

背後では二人の会話が聞こえていたらしいマリアも、蒼白《そうはく》な顔で突っ立っている。

どうして、どうしてと溢《あふ》れ出そうになるものを懸命に耐えて、セレティナはドレスの裾を持ち上げるとこれまで封じていた貴族令嬢のお辞儀をした。

「先ほどの言葉、そしてこれまでの殿下に対する不遜な発言の数々、心よりお詫び申し上げます。どうかご容赦ください……もし罰せられるのならば、その責は私だけにお願いいたします」

「……待ってくれ、ティナ、俺はそんな」

「本日は、これで失礼いたします。……ごきげんよう」

目元にぐっと力を込めた。

どんなに堪えても、一秒ごとに視界が潤んでいくのを止められそうにない。

みっともない姿は見せたくないと、彼の返答を待たずに背を向けた時だ、追いすがる声がかけられたのは。

「待ってくれ、ティナ」

ピタリと足が止まる。

けれど振り返ろうとしないセレティナの背に彼の言葉が続く。

「確かに驚いたが、俺の君を求める気持ちは変わっていない、だから……」

「嘘」

直後飛び出た短い否定の言葉は、鋭くアリオスへと返り、一瞬彼の言葉を奪う。

だが彼はそこで黙り込まなかった。

「……嘘じゃない。俺は本当に、君が好きで結婚したいと思っている。たとえ君がイクラム侯爵家の者であっても……」

「嘘よ」

再び返した強い否定の言葉と共にセレティナは振り返った、その口元を自嘲で歪めて。

素性を告白後初めて、まっすぐに視線を向けられて、アリオスが気圧《けお》されたように顎を引く。

だがそれでも目をそらさないのは、彼なりに想う気持ちがあるからだろう、でも。

「なら、なぜ今まで私の素性をご存じなかったのですか。私が貴族の娘ではと思っていたのなら、きっとどこの家の者かお調べになったのでしょう？　でもあなたは私の素性を突き止められなかった」

図星なのだろう。

気まずそうに沈黙するアリオスの様子は、セレティナの指摘が事実であると認めている。

そう、彼は調べたはずだ。

セレティナが自分の妃として都合のいい身分を持ってはいないか。

もしある程度の家柄の娘なら話は早く済むし、下級貴族家の令嬢ならば目星をつけた家の養女として嫁がせればいいと。

だけど彼は結局セレティナの素性を突き止められなかった、だから今こんなに驚いている。

「どこの家にどんな年頃で、どんな容姿の娘がいるかなど調べればすぐに判ります。まして我が家は腐っても侯爵家ですので、高位貴族としてすぐに私の名が上がったでしょう。でも殿下は気付かなかった。……それは、こう思ったからですよね？　イクラムだけはありえない、って」

「……違う」

「そこまで具体的に思わなかったとしても、候補から我が家を外していたのは事実です。私は、私の家と家族を軽んじる方と未来を考えることはできません」

「待ってくれ、ティナ、違うんだ！」

「私だって‼」

なおも否定しようとするアリオスに、堪らず高い声が上がった。

不敬だと判っていても、今はそれ以上彼の言葉を聞きたくない。

「私だって、そうじゃないって思いたい！　たまたまだって……お互いの親がどうのなんて関係ないって！　だけど無理よ、判るでしょう⁉」

「…………」

「どうして、王子なの。どうして、よりによって、あの男の息子なのよ⁉　私は、あなたがあなたでありさえすれば、何の身分もない人でも構わなかった。それなのに……こんなのひどすぎる……！」

そこまでが限界だった。

後はもう背を向けると振り返らず、一目散に表へと駆け出す。

幸いにしてイクラム侯爵家の馬車はまだ降りた場所に停《と》まっていた。

御者が一服していたのだろう。

慌てて後を追うマリアの足音を聞きながら、セレティナは自ら扉を開けて馬車に乗り込むと、驚いている御者に構わずすぐに帰宅するようにと命じた。

崩れ落ちるように座席に座り込んだ途端、ぶわっと大粒の涙がこぼれ落ちる。

「う……うっ、う、うーっっ……‼」

差し伸べられるマリアの腕に縋りながら、無様な声を抑えきれずに泣いた。

幸せになれると思ったのに。

彼なら、自分を偏見で見ることなくきっと受け入れてくれるはずだと思っていたのに。

涙は後から後からこぼれ落ちて、セレティナの手を、ハンカチを濡《ぬ》らした。

初めての恋が無残に砕け散った瞬間の出来事だった。

「……殿下、少しお休みになりませんか。お顔の色が……」

心配そうな声で様子を窺う近侍の声に、食い入るように書類に視線を落としていたアリオスが、ゆっくりと顔を上げた。

確かに指摘されるとおり、その顔色は悪い。

目の下には濃い隈《くま》が浮かび、その顔色も深い心痛を表すように血の気が引いて青ざめている。

一世一代の告白が無残に砕け散って二ヶ月、ろくに食べても眠れてもいないのだから無理もない。

「どうか少しお食事をなさってください。このままでは殿下のお身体が心配です」

「……いや、大丈夫だ。それよりまだしたいことが」

「アリオス様。あなたがそのような有様で、もし倒れてしまったなどと噂が流れたら……その噂を耳にしたイクラム侯爵令嬢はお心を痛められるでしょう」

あれ以来、口にすることは避けていた人の呼称を耳にして、アリオスはぐっと口を噤む代わりに、剣呑な表情で近侍を睨《にら》む。

だが、それで近侍のオスカーが揺らぐことはない。

彼はアリオスが幼い頃から共に過ごし、城内で第二王子の信頼を勝ち取ることに成功した唯一の腹心だ。

王子が父親や貴族との関わりを嫌って城下へ出入りしていた際も、その留守を誤魔化す役目を担《にな》い、冬の間セレティナとの手紙をマリアの実家へ受け取ったり手渡したりしてくれていたのも彼である。

もちろんアリオスが、城下で一人の娘と知り合い恋に落ちて結婚を望むようになったことも、彼は全て知っている。

逆を言えばアリオスの恋を知っている者は他にいない。

「……今が、最後の機会だと思ったんだ」

オスカーへ向けていた鋭い視線は、すぐにほどけて伏せられた。

苦しげなその声は、ただ失恋しただけではない苦悩が混ざっている。

「今年に入って、陛下が倒れられて……俺と兄上の存在なくしては、政務が回らなくなった。父上にとって俺の価値が上がったことを利用して、父の治世を支える代わりに、望む相手と結婚させてほしいと許しを得るつもりだった」

これまでアリオスはどちらかというと父にとって素直な息子とは言い難かった。

元々良好な関係とは言い難い上に、アリオスと兄のオシリスは生まれた直後から両親ではなく祖父である王の元で育てられ、親子の関係は希薄だった。

きっと父は思い通りに動かない息子を腹立たしく思っていただろう。

だからこそ、結婚を認めてもらう代わりに足下に跪《ひざまず》くことで、あの父は認めるだろうと踏んでいたのだ。

それなのに、それ以前の問題だとは。

自分の父である王太子が、長くイクラム侯爵家の人間を目の敵にして冷遇を繰り返し続けていたことはもちろんアリオスも承知している。

イクラム侯爵家は古くから文官の家系として続いてきた家だ。

目立った功績はないが、辛い立場に追い込まれても腐ることなく実直に役目を果たし、王家に敬意を払う姿勢を貫いている。

たとえそれが表向きの姿勢だとしても、家のため、領民のため、そして国を混乱させないために長年耐え続ける忍耐力はたいしたものだ。

父はそんなイクラム侯爵を、逆らう男気もない弱者だと嘲笑っているが、兄や自分、そして祖父である王は父の行いにこそ疑問を抱いている。

だが、それだけだった。

アリオスが表立ってはっきりと父を諫めたのは、セレティナが指摘したあの夜会での出来事、ただ一度だけだ。

「似ていると思ったんだ。昨年の夜会で、父に嬲《なぶ》られている侯爵令嬢を見かけて……頭を下げたまま震えながら耐える彼女の姿に、ティナを思い出した」

だから放っておけなくなって、父を止めた。

「でも、本当ならその時にもしや、と気付いてもよかった。なのに……」

頭の中にセレティナの言葉が蘇る。

『それは、こう思ったからですよね？　イクラムだけはありえない、って』

とっさに違うと否定はしても、彼女の指摘が事実であることを、アリオスは認めずにはいられない。

彼女の言うとおりだ。

「俺は、ただ似ているだけだと無理矢理自分を騙《だま》した。心のどこかで、図書館で出会う想い人がイクラム侯爵令嬢であっては困る、と思っていたから」

あの時に現実から目を背けることなく、彼女に向き合っていたら結果は違っただろうか。

いや、それでも遅かったかもしれない。

父の行いに疑問を持った時点で、もっと早くに自分は息子として、国を支える忠臣を守るために父を諌めなくてはならなかったのだ。

「これまで見て見ぬふりしてきたバチがあたったんだろう」

「殿下がお生まれになる以前から続く確執です。陛下ですらお諌めすることができずにいらっしゃるのですから、アリオス様のお言葉に王太子殿下が肯かれたとは思いません」

「だが俺は父の行いに疑問を持ちながら、相手にも原因があるのだから仕方ないだろうとすら思っていた」

父、フリッツのことは王も持て余しているのが現状だ。

たった一人の王子として幼い頃から大切に育てられたフリッツは、決して出来の悪い王子ではなかった。

抜きん出た能力はないまでも、父王が形作ってきた国をそのまま保つことができるだろうと思われる程度には。

しかし成長するにつれて徐々にその性格は歪み出した……おそらく何をしても自分は許される立場なのだと過信してしまったのだろう。

それはただ一人の息子だからと、王太子を甘やかした王にも大きな責任がある。

「過去のティナの両親との出来事も改めて確認してみた。確かにイザベラ殿は母に忠告めいたことはしていたようだが、人々の間に広まる噂よりもずっと常識的なものだったらしい」

フリッツと、当時ライアット公爵令嬢であったイザベラとの婚約は、彼らがまだ幼い頃に王家と侯爵家との間で結ばれた国の約束だ。

それを結婚間近に他の令嬢に心を移したばかりか、一方的な婚約破棄をしたのはフリッツなのだから、責任がどちらにあるのかは明白である。

しかし世間ではイザベラを悪女……否、悪役令嬢として認識している。

フリッツは人々の同情という心を巧みに利用して自分を正当化し、かつての婚約者を悪役に陥れたのだ。

当時は王太子の機嫌を取るためにおもねっていた人々も、世代が変わるほど長い期間、かつての婚約者を甚振《いたぶ》り続ける姿に、今は王太子の機嫌を損ねれば自分たちも同じ立場に堕《お》とされると怯《おび》えを抱いている。

社交界でのイクラム侯爵家はまるで生贄《いけにえ》の羊《ひつじ》のようだ。

「……ティナが家族を大切に思っていることは判っている。きっと始まりはどうであれ、イクラム侯爵夫妻は互いに歩み寄り、愛し合う家族となっていったのだろう。……こちらとは大違いだな」

それに比べてこちらはどうだ。アリオスが物心ついた頃から、仲良く寄り添う両親の姿など見たことがない。

セレティナからすれば自分は仇敵《きゅうてき》の息子だ。

自分の申し出を断った時の彼女の、絶望と表現してもおかしくない表情が蘇る。

どうしてあの男の息子なのか、と叫んだ彼女の声が忘れられない。

アリオスが王子である限り、そしてフリッツの息子である限り自分たちの恋は完全に手詰まりになったのである。

「……もうお諦めになって、マイヤー伯爵令嬢とのお話をお受けになりますか？」

現在、アリオスはもう一つ問題を抱えている。

昨年から父が勧めるようになった伯爵令嬢との縁談だ。

そのせいもあってアリオスは想い人である少女との結婚を急いでいたのである。

「冗談じゃない。父上の子飼いの娘との結婚なんて、この後の人生まで全て支配されるようなものだ。ティナとの結婚のためならともかく、それ以外の女のために人生を棒に振るつもりはない」

「では、どうなさるのでしょうか」

アリオスが考えるように黙り込んだその時、書斎の扉をノックする音が響いた。

一礼してオスカーが扉の外へ向かい、すぐに戻ってくると告げる。

「殿下。オシリス第一王子殿下がお越しです。お通ししてよろしいですか」

「兄上が？」

怪訝《けげん》そうな声が漏れるのも仕方ない。

兄が自ら弟の書斎に足を運ぶなど滅多《めった》にないことだ。

顔を合わせる機会は公的な場所か呼び出された場合が多い。

こうして兄が自ら訪ねてくるなど、いつ以来のことだろうか。

幼い頃はたった二人の兄弟としてそれなりに親しい関係だったが、何をさせても優秀な成績や結果を出す兄に密《ひそ》かな劣等感を抱くようになってから、いつからか距離を置くようになっていた。

とはいえアリオスは父に対するように兄を嫌っているわけではない。

ただ、緊張はする……兄は全てをお見通しのような眼差しをすることが多いから。

「……通せ。兄上がわざわざお越しになったものを、追い返す道理などないだろう」

「承知しました」

程なく、オスカーの先導を受けて、兄のオシリスが姿を見せた。

そのオシリスを出迎えるアリオスの顔に、先ほどまでの愁いを帯びた表情は残っていない。

「ようこそ、兄上。わざわざお越しいただき恐縮です。このたびはどのようなご用件でしょうか？」

形ばかりの挨拶ののち、椅子に腰を落ち着ける間もなく用件を尋ねる弟の、歓迎とは言えない様子に僅かにオシリスが苦笑する。

やれやれと言っているようにも、仕方ないなと諦めているようにも受け取れる眼差しを受けながら、それと判らない程度に身構える弟に歩み寄ると、その肩に手を掛けた。

「そんなに警戒するな、私はお前の兄であって敵じゃない。兄が弟の元を訪ねて何が悪い？」

「……警戒など……ただ、少し考え事をしていて気が立っていました。そのように見えたのなら、非礼をお詫びします」

答えてから、自分が言うべき台詞を間違えたことに気付いたが、一度口にしてしまった言葉を引っ込めることはできない。

どこまでも他人行儀な弟の反応に、オシリスの瞳が陰る。

きっとオシリスは自分の兄に対する密かな劣等感に気付いているのだろう。

そしてそのせいでぎこちない兄弟関係を残念に思っていることも、なんとなく伝わってくる。

しかしそのぎこちない雰囲気は長くは続かない、オシリスがすぐに言葉を続けたからだ。

「気が立っていた、か。お前の悩みの解決に役立てるかどうかは判らないが、今日は一つ忠告をしにきた」

「忠告、ですか」

「ああ」

直後、ぐいっと肩を引き寄せられた。

兄の腕に抱え込まれるほど近くに顔を寄せられたと思ったら、耳元で囁かれる言葉がある。

二人の間でしか聞き取ることのできない、低く小さな声だったが、兄から告げられた言葉はせっかく取り繕ったアリオスの表情を、いとも容易《たやす》く崩していくのだった。


涙も気力も枯れ果てた。

アリオスと別れて帰宅してからのセレティナの様子は、まさしくその言葉の通りである。

馬車の中、マリアに縋って大泣きし、屋敷に帰ってからも部屋に閉じこもって泣き続け、部屋の外で父や母が心配して掛けてくる声も無視して、瞼《まぶた》が腫れあがるほど泣き続け。

そんな日を数日過ごした後のことだ。

「……ねえ、マリア。私、悟ったことがあるわ」

「はい、なんでしょうか」

「体中の水分が涙になるくらい泣き続けても、人は簡単に死なないって」

「……それは結構な発見でございますね」

物語の中では、人間に恋をしたニンフが失恋して泣き続け、やがて涙と一緒に流れて消えてしまったのを哀れに思った妖精の女王が、彼女を一輪の花に転生させた。

あるいは、戦《いくさ》に出た恋人の帰りを故郷で待ち続けた乙女がその恋人の死の報《しら》せを受けて絶望し流し

た涙から泉が生まれた、なんてエピソードを読んだ記憶があるけれど、どうやら少なくともセレティナは物語の中のニンフや乙女よりよっぽどしぶとくできているらしい。

「そして、もう一つ悟ったことがあるの」

「はい」

「泣き続けているだけでも、お腹《なか》って減るのね」

ふふっ、とマリアの小さな笑い声が聞こえた。

人が真面目に話しているのにとむっとしたけれど、同時にホッとした笑顔を見ると怒れない。

あれからずっと彼女はセレティナの世話をしてくれていた。

きっと思いあまって万が一の行動に出ることがないようにと見張ってもいたのだろうけれど、殆ど一日中そばにいてくれたのは純粋に心配してくれたからだろう。

「何か、お腹に優しいお食事を用意していただきますね。少しお待ちください」

「お願い。……それと、マリア」

「はい」

「ありがとう」

ああ、また一つ悟ったことがある、とセレティナは思った。

笑顔は人の心を癒やす。

マリアが向けてくれた、心からの笑みは傷ついてボロボロになっているセレティナの傷口に確かに染みこんで、その痛みをほんの少しだけ和らげてくれる。

そして美味《おい》しい食事と家族の愛情も。

セレティナの食欲が戻ったと報せを聞いて、料理を運んできてくれたのは母のイザベラだ。

料理長の気遣いがたっぷり込められた、野菜がほろほろになるまで煮込まれた温かなスープを、まるで小さな子どもにするように母手ずからスプーンで掬《すく》って食べさせてくれる。

何度もしゃくり上げながら、母に背をさすられながら、セレティナはまた泣いてそのスープを飲み込んだ。

どうやらマリアは事情の一部始終を、両親に報告はしないでいてくれたらしい。

正直助かる。

王子に求婚されたのに、両親とのことが原因で駄目になってしまった、なんて本当のことを知ったら、やっぱり両親は気に病むだろう。

「……失恋したの」

だから、セレティナが告げたのはごく一部分だ。

「すごく好きで……本当に大好きで、ずっと一緒にいたいって思っていたけど……駄目だったみたい」

と、恋が壊れてしまったことだけを。

「そう。それは残念だったわね」

そんな娘を、母は優しく抱きしめて告げる。

「人を愛するという気持ちは、とても大切なものよ。たとえそれが今回は実を結ばなかったとしても、あなたが大切な気持ちを知ってくれたことを、私は嬉しく思うわ」

父は父で、部屋の前をまるで迷子になったクマのように行ったり来たりうろうろしていたらしいし、弟のセスランも心配して何度も様子を見に来てくれていたと聞いて、少し泣き笑いしてしまった。

そんなやりとりを経て、セレティナの心は少し元気を取り戻したけれど、だからといってすぐには「これから気持ちを切り替えていきます！」という気分にはなれない。

「……どうしよう、マリア。何をしていても、アロイス……ううん、アリオス様の顔がちらついて離れない」

「お互いに嫌いになってお別れしたわけではありませんからね。未練ですね」

未練、とズバッと言い切る言葉にはまた項垂《うなだ》れたが、実際にそうなのだろう。

「続けて申し上げるなら、どちらの責任でもないことが原因ですから。より未練が強くなっても、仕方がないと思います」

そうなのだ。

セレティナも、アリオスもどちらかがに責任があるわけではない。

素性を隠していたのはお互い様だし、アリオスが城下に降りていたのも、セレティナ自身がそうであるようにきっと彼なりに理由があったのだろうと思う。

だからその点を責める気にはなれないし、そんな気もない。

彼は何も悪くない。

だからといって自分が悪いわけでもない。

「全ての元凶は、あの王太子よ……本当にろくなことにならない。お父様やお母様を傷つけて、長い間ネチネチと……去年だって私に愛妾になれとか気持ちの悪いことを言ってきて。アレ絶対本気だったでしょう。お母様に未練があるのないの、どっちなの」

考えると、また涙が出てきた。

王太子は憎くて大嫌いで堪らないけれど、アリオスを嫌いになることは多分、一生できないだろう。

『ティナ』

名を呼ぶ、低すぎることも高すぎることもない穏やかな声が好きだった。

好きな本を教えてくれたり、お互いに感想を言い合ったりする時間が好きだった。

少し照れくさそうに笑う笑顔も、悪戯を思いついて仕掛ける顔も、そのあたたかな温もりも、触れた時の自分とは違う異性を思わせるしっかりした感触も、彼に繋がる全てが愛《いと》おしい。

共に出かけた先で贈ってくれた髪飾りや、冬の間に何度も交わした彼からの手紙は、今でもセレティナの大切な宝物だ。

考えれば考えるだけ、思い知る。

（私は、こんなにあの人のことが好きなのね……）

どうしても考えてしまう。

そしてそのたびに涙がこぼれ落ちる。

あんなに泣いたのに、まだ足りないと言わんばかりに。

今、あの人はどんな気持ちで、どうしているのだろうか。

失恋の一番の薬は時間だというけれど、セレティナがその薬の効果を実感できるようになるのはいつのことになるのだろう。

なんだか、そんな日は未来永劫《みらいえいごう》訪れないような気がした。

それから二ヶ月ほどが過ぎても、セレティナの状況にさほど変化はない。

さすがに最初の頃のように思い出しては泣き暮らすことはなくなったが、何をしていても無気力で、あんなに大好きだった本にすら集中できないのだ。

心の中の大事な部分がぽっかりと喪失してしまった感覚はどうしても拭い去れない。

けれどそれでも現実というのはやってくる。

そう、王宮で開かれる舞踏会だ。

「無理をしなくてもいいのよ。あなたは体調不良でお休みしなさいな」

「大丈夫、行くわ。それでなくとも今年はまだ満足に参加できていなくて、あれこれ言われているのでしょう？　本当に年季の入った油汚れみたいにしつこいんだから」

父も母もなんとも言えない顔をする。

その油汚れに喩《たと》えられた人物が誰であるかは言うまでもない。

「それに、今夜は行ってみたいの……」

頭の中に思い浮かべる人の姿はやっぱり一人だけ。

未練だと言われても否定できないけれど、自分の心に嘘もつけない。

普段アリオスは滅多に社交界には出てこないから、会えないかもしれない。

それでも、少しでも可能性があるならせめて遠くからでも一目その姿が見たい。

思えば彼と会うのはいつも図書館で、一般の平民のような格好をした姿しか見たことがない。

王子として振る舞う彼はどんな姿なのだろう。

きっと、とびきり素敵なのだろう……また、心が揺れてしまうくらいに。

でも、そうしたことを繰り返して手の届かない人だと耐性をつけていけば、いずれ諦められるかもしれない。

「そうか。……じゃあ、こうしよう。ご挨拶をして、お前の用事が済んだらすぐに今夜は先に帰りなさい。体調が優れないのは事実なのだから、いくらしつこい油汚れ相手でも、無理に相手にする必要はないからね」

「あなたまで、もう。でもしつこい油汚れ……ふふっ、そう考えると確かにそうかもしれないわね」

両親と共に笑い合ったその翌日の舞踏会当日、これまでとは比べものにならないほど朝から気合いの入った準備が始まった。

もしもアリオスの目に留《と》まった時、少しでも綺麗な自分を見てほしい。

そして覚えていてほしい、たったひとときのことだったとしても、自分という存在が彼の近くにいたことを。

あの日彼が褒めてくれた、淡いイエローの生地に緩やかなドレープと、品の良いレース、そしてたくさんの小花をあしらったシフォンのドレスは、セレティナの華奢《きゃしゃ》な身体を美しく引き立ててくれる。

母譲りの長く癖のない黒髪を飾るのは、あの時贈ってもらった銀とラピスラズリの髪飾りだ。より華やかに見えるようにマリアが純白の花の造花を束ねた飾りも髪に挿してくれた。

今夜のイクラム侯爵令嬢を見て、地味だと馬鹿にできる者はいないだろう。

実際に、両親と共に会場に入ったセレティナの周囲から上がるのは、人々が戸惑いにざわめく声だ。

大広間の天井に飾られたクリスタルガラスのシャンデリアに弾《はじ》かれた光が、黒髪をより一層艶やかに輝かせ、けぶるように長い睫《まつげ》がその奥の紫色の瞳を神秘的に見せていた。

「あれって……あの、イクラム侯爵令嬢？　いつも地味で壁際が定位置の？」

「あんなに清楚《せいそ》で美しい娘だったたか？」

周りから、これまでとは全く違う声が聞こえてくる。

しかしどの声もセレティナの耳を素通りして留《とど》まることはない。

今彼女が見つめるのは、高らかに鳴り響くファンファーレに迎えられて、壇上に現れた王族の姿だ。

「フリッツ王太子殿下、並びに第一王子オシリス殿下、第二王子アリオス殿下のご入場です！」

こうして並んでいる姿を見ると、王太子とはそれほど似ていなかった。

多分アリオスは母親である王太子妃に似たのだろう。

朱が混じった不思議な色の金髪が見事だ。

（アロイスは茶色のくせ毛だったから……きっと、ウィッグを使っていたのね）

でもその印象的な瞳の色は同じ。

セレティナが星のようだと称した、ラピスラズリの瞳だ。

「体調を崩して休んでいると聞いていたが、今日は随分と色気づいた格好をしているな。どれ、少し顔を上げてみせろ」

この日ばかりは、両親と共に挨拶に出向き、頭の上から浴びせられる王太子の皮肉も気にならなかった。

顔を上げることで、より近くに、そしてよりはっきりと彼の顔を見ることができる。

静かに伏せていた顔を上げたセレティナの姿を見て、王太子は僅かに息を呑んだようだった。

そんな反応は王太子だけではない。

背後にいる二人の王子も同じ。

そしてアリオスと、目が合う。

それは本当にごく僅かな時間だったが、侯爵令嬢として、そして王子として視線を交わす初めての瞬間だ。

不自然にならないようにセレティナはすぐに視線を外し、再び頭を下げる姿勢に戻ったが、そんな自分に強い視線が注がれているのを肌で感じる。

今、アリオスは何を考えているだろう。

もうとっくに割り切れただろうか、それとも自分のように引きずっているだろうか。

答えは出ないまま、後に続く人々に場所を譲るように三人の前から辞した。

あとの時間はいつもの通りだ。

壁際で、ただひたすらに時間が過ぎるのを待つ。

が、いつもと違ったのは決して少なくない人数の青年達がダンスの誘いに来たこと。

これまで見向きもしなかったのに、少し華やかに着飾っただけで手の平を返す彼らに冷めた感情を抱くセレティナが、誰かの手を取ることはない。

そんなセレティナの視界に、貴族達からの一通りの挨拶を終えてダンスホールの中程へと歩を進めるアリオスの姿が映った。

さりげなさを装いながら、彼は誰かを探しているらしい。

確信する。アリオスの探し人は、自分だと。

(……今、確かに目が合った)

だけど二人の距離は遠くて、声も届かず、手を伸ばしても触れることもできない。

彼は一瞬何かもの言いたげな表情で、こちらへと向かおうとする足をぎこちなく止めている。

そんな彼の元に幾人もの貴族達が近づこうとするが、そうした人々を押しのけるように一組の親子が歩み寄った。

「まあ、ご覧になって。マイヤー伯爵とそのご令嬢よ。あんなに強引にアリオス殿下にお近づきになるなんて、やっぱりご結婚の噂は本当なのかしら」

近くから聞こえた貴婦人の言葉に、ギクリとセレティナの鼓動が軋《きし》む。

アリオス自身は父娘に対して当たり障りのない対応をしているように見えるが、第二王子を見上げるマイヤー伯爵令嬢の顔には明らかな好意が窺える。

……これ以上見ていたくなくて視線を外した。

じわっと目元が熱くなり、視界が歪んだのはその時だ。

どんなに堪えようとしても溢れ出る感情は止められなくて、急ぎ足で会場を離れると停車場へ向かった。

(駄目だわ。今夜はやっぱりもう帰った方がいい。そうでないと……どんな醜態を晒すか判らない)

本当は帰る前に両親に一声かけていかなければならなかったのに、こんな今にも泣き出しそうな顔で会場をうろつくわけにいかない。

セレティナが一足先に帰ることは最初から決まっていたのだから、きっと姿が見えなければ停車場の従僕に尋ね、先に帰ったことを知るだろう。

停車場では既にイクラム侯爵家の馬車がセレティナの到着を待っていた。

御者の手を借りて馬車に乗り込んで、細く息を吐き出す。

油断するとまた目頭が熱くなってくる。

今夜はまた枕を涙で濡らすことになるのだろう。

でも、アリオスを想って涙を流すのはそれで終わりにしよう。

今はまだ先のことは考えられないけれど、心が落ち着けば将来のことも考えられるようになるだろうし、もしかしたらもっと好きになれる人と出会えるかもしれない。

できることなら何年か後にはそんなこともあったわねと、笑って過ごしたい。

「人生、まだまだ長いもの。女流作家を目指すのもいいわね。この経験を元に、切ない恋のお話を書くのもいい。何だってできるわ」

自分に言い聞かせるように呟くセレティナを乗せた馬車は、城門を抜けて夜の王都をひた走る。

もう何度も通った道を眺める気にもなれず、小窓のカーテンを閉じたまま馬車の揺れにぼうっと身を任せていたセレティナが、ふと違和感に気付いたのはどれくらいが過ぎてからだろう。

イクラム侯爵家までは城から三十分ほどの距離で、本来ならもうとっくに到着していておかしくない。

それに心なしか、車輪の音や振動が変わった気がする。

まるで整備された石畳から、むき出しの地面の上を走っているような。

「……何か変ね……」

その違和感が決定的なものになったのは、外の様子を確かめようと小窓にかかったカーテンをめくった時だ。

「な……っ！」

思わず大きな声を上げそうになって慌てて呑み込んだ。

月の光を頼りにぼんやりと浮かび上がる外の景色が、自分の知るものと全く違っていたからだ。

いくら夜間だとはいえ城から屋敷への帰り道は何度も行き来して知っている。

間違いなくこの馬車が向かっているのはイクラム侯爵邸ではない。

これは一体どういうことだと目を細めて注意深く車内を確認してみれば、所々に違和感を覚える。

例えばドアノブの形だったり、座席の角の細工が違っていたり、布張りの生地の模様が違っていたり。

イクラム侯爵家のものに似ていたけれど、よく見れば違う馬車だ。

もしかすると、上の空だったため乗る馬車を間違えたのかもしれない……そう考えて即座に否定した。

（ううん、違う。確かにぼうっとしていたけど、馬車の外側の家紋は確かめた。それに御者だって、もし間違えて乗ろうとしたら普通は止めるわ。でも自然に私を迎え入れた）

でも……その御者は間違いなく家の者だっただろうか？

自信がない、深くまで帽子を被っていて、その顔をはっきり確かめていなかった。

何という失態だろう、いつもなら必ず一言二言声を掛けるのに、今夜はやっぱり気がそぞろでそれをしていなかったのだ。

「誘拐……？　でも、私を誘拐してどうするの？　いくら嫌われ者の侯爵令嬢だからって、そんなことをする理由がないわ」

暗い車内で黙っていると不安になる心を落ち着かせようと、小さく声に出して呟いた。

もちろんその問いに答えてくれる人はいないが、ドキドキと嫌な鼓動と冷や汗が滲《にじ》み、錯乱しそうになる自分を少しだけ正気に縛り付けてくれる。

「もしかしたら、見間違ったのかも……きっとそうよ」

まだこれが外で攫《さら》われたというのなら身代金目当てなどが考えられるけれど、セレティナは城からこの馬車に乗ったのだ。

普通に考えて、城に誘拐犯が待機しているなんてありえないだろう。

やはりどう考えても、馬車を間違えたとしか思えない。

御者も、セレティナも、それぞれが自分の家の者と思い込んでいればこんな間違いも生まれる……のではないかと思う。

すうっと息を吸い込んで、御者台に向かって声を上げた。

「止まってください！　人違いです！　違う家の馬車に乗ってしまいました！」

予想通りなら、ここで馬車は必ず止まるはずだ。

だが、予想に反して馬車は止まらない。確かに声が聞こえているはずなのに。

「止まって、聞こえないの⁉　私はイクラム侯爵家の者です、この馬車はどこの家の物ですか？」

しかし、やはり馬車は止まらない。

それどころか急に速度が上がる、まるでセレティナの制止を振り切るように。

何も身構えていなかったところにいきなり強い振動がやってきて、椅子に座っていられずに、壁に叩き付けられるように投げ出された。

「痛っ！」

強《したた》かに背や膝を打ち付けてうめき声を漏らすも、馬車は狂ったように走り出して、中の人間のことは考えていないようだ。

座席の背もたれに必死にしがみつきながら、ひたすらに混乱した。

（何？　何が起こっているの⁉　どうして……！）

外から激しい馬車の車輪が回る音と地面を削る音の他、複数の馬の蹄《ひづめ》の音と共に誰かの叫ぶ声が聞こえてくる。

まるで馬車を追ってくるような音に、もしかすると急に速度を上げたのはセレティナが騒ぎ出したからというよりも、この追ってくる者から逃れるためなのかもしれないと考えた。

だが、それを確かめる術がない。

激しい馬のいななきが響く。

横倒しで転がるのではないかと思うくらい、右へ左へと大きく振られて、これ以上は無理だと背もたれにすがりつく手がほどけそうになった時、ようやく速度が徐々に落ちて馬車が停まった。

「もう、なんなのよ……」

泣き声に近い声を上げた直後だ。

ガギンッ、と硬い金属がぶつかる音と共に鍵が外され、開かれた扉の向こうから現れたのは、外で掲げられたランプの明かりに照らし出された、フードを目深に被った人物。

「ひっ……‼」

日常生活ではお目にかかることのない物騒な姿に、恐怖で声が掠れる。

その人物は中へと踏み込んでくると、怯えて今にも鋭い悲鳴を上げそうなセレティナの口を塞ぐように、そっと指先を彼女の唇に押し当てた。

「……えっ……」

その瞬間、直感的に感じてしまった、この人を知っている、と。

まさか、そんなはずはない……と思う。

だけど今、普通ならあり得ないことがセレティナの身を襲ったばかりではないか。

声を上げることも忘れて呆然《ぼうぜん》とする彼女が、有無を言わせずに馬車から抱え降ろされたのはその直後のことだ。

周囲へと恐る恐る目を向ければ、御者服に身を包んだ男が倒れている姿が見えた。

セレティナが震えたのが伝わったのか、フードの人物はくるりと背を向けると、近くに留めていた馬の背にセレティナを座らせ、そしてすぐに自らも彼女の身を抱えるようにその後ろに乗った。

フードの人物は一言も口を開かなかった。

代わりに手の動きで従者の者へ、何かを指示したらしい。

同じく無言で頭を下げる従者に一体何を命じたのだろう、自分はどこへ連れて行かれるのだろう。

小さくない不安と戸惑いが確かにこの胸にあるはずなのに、それ以上に今は確かめたいことがある。

フードの人物に連れてこられた場所は、馬車の襲撃を受けた地点からさらに馬で三十分ほど移動した先にある、こぢんまりとした屋敷だった。

正面には小さな庭もあり、執事と思われる青年とメイドが三人迎え出て、セレティナを抱えた人物に一糸乱れぬお辞儀をする。

「お待ちしておりました。全て不足なく調《ととの》っております」

執事の言うとおり屋敷内は丁寧に手入れされており、掃除も行き届いているようだった。

そのまま運び込まれた二階の部屋も、まるで自分たちが今夜ここに訪れることを知っていたかのように明かりが灯《とも》され、品の良い家具や調度品、そして寝台の用意まで調っている。

だが、今のセレティナはそうした室内の様子に気を配る余裕もない。

彼女が気にするのはただ一つ、未だにフードで顔を隠し、一言も言葉を発しない人物の素顔だ。

その機会がやっと訪れたのは、セレティナをソファに降ろした彼が足下に跪いた時である。

そのまま、彼は動かない。

まるで罪状を読み上げられ、沙汰を待つ罪人のように。

しばらく躊躇って、恐る恐る手を伸ばした。

フードに手を掛けてもあらがう様子のないその人は、ただじっとしている……心なしか緊張するように。

「……っ……」

そうだろうと思っていても、フードの下から現れた金髪や青い瞳、そして見間違うことのないその顔に、意識する間もなく見開いたセレティナの目から涙が溢れ落ちた。

あんなに泣いたのにまだこの身体のどこにこれほどの涙が隠されていたのだろうと思うくらいの勢いで。

「……ティナ」

狼狽《うろた》えたように名を呼ぶその人、第二王子アリオスがこちらへ手を伸ばしかけ、そして中途半端な位置でその手を止めた。

自分から触れてもいいものか判らずに躊躇う彼の両頬を包み込みながら、セレティナは必死に嗚咽《おえつ》を堪えて唇を震わせた。

彼の顔を引き寄せる、そして自分も顔を近づける。

より近く、その顔をしっかり見たいのに、この人が幻ではなく本物だと確かめたいのに、視界が潤み歪んではっきりと見えない。

「……うっ……」

堪えきれず、セレティナが声を漏らしたその後の行動を、アリオスは間違えなかった。そしてセレティナも。

どちらが求めたのかも判らないうちに、二人の両腕は互いの身体を力の限り抱き締めていた。

「うぇっ……、っく、ふ……」

「……ごめん」

その謝罪はなんに対してのものだろう。

彼が素性を隠していたこと？

それとも王太子の息子であったこと？

あるいは何の説明もなく、突然現れて、問答無用でここへ連れてきたこと？

事情も状況も、自分は何のために誰に攫われかけたのかも、これからアリオスがどうするつもりでいるのかも全く判らない。

本当ならどういうことだと彼にその全てを問《と》い質《ただ》すべきだと頭では判っている。

でも、今のセレティナにはその全てがどうでもいい。

「……やっぱり、無理……っ」

「ティナ」

「忘れるなんて、無理……！　だって……好きなのに……！」

諦めようと思った。

自分もアリオスも生まれは変えられない、どちらが悪いわけでもない、ただ自分たちは運が悪かった……仕方がないことなのだと。

もう一度だけその姿を見て、それで心のケリをつけるつもりでいたのに、そんなのはただの言い訳で、これが最後だと思いながら本当はもう一度だけ……否、何度だって会いたかった。

あの男を許すことなんてできない。

両親を裏切ることだってできない。

諦めるしかないと判っているのに、自分で自分の心が制御できない。

「会いたかった」

「……うん、俺もだ」

「会いたくて、死んでしまいそうだった」

「俺も、気がどうにかなりそうだった」

どちらからともなくすり寄せた互いの頬が濡れている。

アリオスの手が、涙でぐしゃぐしゃのセレティナの頬を包みその雫《しずく》を拭うのと同時に、セレティナの手もまた彼の頬の涙を拭う。

三年前の夏の終わりに、図書館で出会って、それから少しずつ膨らませ続けた想いを、どうしていまさらなかったことになんてできるだろう。

引き寄せられるままに二人の唇が重なった。

物語の中の恋人達が口づける時はいつも幸せなシーンばかりだったのに、現実の口づけはこんなに切ない。

自分の感情を抑えられずに持て余すセレティナは、一度重なって離れた彼の唇を自ら追いかけて再び触れ合わせる。

口づけの仕方も、作法も何も知らない、ただ重ね合わせるだけの不器用な触れ合いなのに、胸がどうしようもなく熱かった。

「もう、離れるのはいや……」

「君が欲しい。君の全てが欲しい」

場の雰囲気と高ぶる感情に流されたと言われたら、否定はできない。

「お願いだから、俺のものになって」

でももしここで離れたら、今度こそ二度と共にはいられないような気がしてセレティナは、彼の懇願に応じるように両手で懸命にその肩を掻き抱く。

共にいた時ですらこんなふうに触れ合うことなどなかったのに、まるで何十年も前から唯一の恋人だったかのように、心が、そして身体が求めて止められない。

多分自分たちは今、間違ったことをしようとしているのだと思う。

一時の感情に流されて、あっさりと一線を越えて未婚の貴族令嬢が身を投げ出すのも、無垢《むく》な乙女の身に触れるのも、大いに道徳に逸《そ》れる行いだ。

だけど、誰が止められるだろう、泣きながら抱きしめ合う恋人同士を。

「ん……」

再び唇が重なった時、自分でも聞いたことのない甘い声が鼻から抜けるように漏れた。

あえぐようにかすかに開いた唇の合間から、熱い舌が忍び込んでセレティナの同じそれにすりつき、口蓋や歯列を舐《な》め上げると再び舌を吸い上げてくる。

慣れない深い口づけに、じんと痺《しび》れるような、産毛が逆立つような刺激に自然と肩を竦めてしまうけれど、アリオスの口づけはそれだけでは済まない。

セレティナが止められなくなっているように、彼もまた自分の心と体の歯止めが利かなくなっているようだった。

いつも本のページをめくっていた指が、セレティナの肩を撫で、腕を撫で、背を撫でて前へと回ってくる。

深く開き肌が露《あら》わになっているデコルテから、その質感を確かめるように手の平を這わされた時、再び甘い声が漏れた、涙とともに。

「あ……」

かすかな声はそのままアリオスの口の中に零れて、呑み込まれていく。

彼はまるで何か熱いものでも口にしたように悩ましげな吐息を漏らすと、解いたキスを彼女の目元に移して涙を舐め取り、そして耳朶《じだ》から首筋へと滑り落とす。

びくっと肩が跳ねるのを止められない。

思わずセレティナがのけぞると、より露わになった喉笛に食いつくようにアリオスが口づけて、その柔く薄い肌に舌を這わせる。

「ん、ふ……っ」

声など出したくないのに、ぶるっと芯から震えるような刺激に漏れてしまう。

「好きだ」

そう言って、アリオスはセレティナの浮き上がった鎖骨に吸い付いた。

「どうしたらいいか判らないくらい、君が好きだ」

そしてその口づけはよりきわどい、胸の膨らみの上部へと移動すると、その肌に一つ赤い花を咲かせた。

彼の愛の言葉が、まるで強力な薬のようにセレティナへと注ぎ込まれていくようだ。

果たしてそれは毒薬か、それとも良薬か。

だけど今は、そんなことはどうでもいい些細なことのように思えて、セレティナは自分の胸に咲いた淫らな花に頬を染めた……うっとりとした眼差しで。

「私も好き……好きなの、大好き」

寝台へ導くアリオスの手を、撥《は》ね除《の》けることはできなかった。

ドレスの背中の縫い目や、コルセットの紐《ひも》を短剣の先でもどかしげに断ち切る行為も止めなかった。

それどころか己の身を纏うパステルイエローのドレスが肌から滑り落ちた時、ホッとしたくらいだ。

ああ、これでやっと素肌で抱き合える、と。

「ティナ……好きだ、ティナ……」

何度もアリオスは名を呼び、そして好きだと繰り返す、まるで他に言葉を知らないかのように。

「好き……」

そしてセレティナも。

ほんの短い間で何度口づけを交わしただろう。

最初はぎこちなかったキスも、繰り返す内に次第に馴染《なじ》んでくるようで、セレティナは己の口内に忍び込むそれを夢中で吸い、歯を立てる。

と同時に露わになった二つの膨らみを、彼の手が包み込んだ。

「ん……」

下から持ち上げるように掴《つか》まれると、柔らかく張りのある乳房は容易く男の手の中で淫らにその形を変える。

こんなふうに異性に触れられるのは初めてで、ひどく恥ずかしいのに、しっとりと汗ばんだ肌と肌がこすれる刺激と、直に触れるアリオスの体温が心地よすぎて熱い溜息が零れた。

そんな彼女の若い乳房を、アリオスは手の平全部を使うように捏《こ》ね、揉《も》んで弾ませる。

まるで幼い子どもが、初めて触れるおもちゃに夢中になるように。

けれどその手つきはとても幼い無垢な子どものようだとはいえない。

指先が胸の先の小さな蕾《つぼみ》をかすめるたび、ピリッと先端から背骨に向かって走るような強い刺激にセレティナの肩が小刻みに震えた。

「君の胸、柔らかくて可愛い……いつまでも触っていたい」

「じゃあ、そうして。……触って、もっと、もっとたくさん……」

自分でも随分はしたないことを訴えている自覚はある。

それでも言葉は自然と滑り出てきて、もっともっとと彼を望むのだから仕方ない。

セレティナがアリオスの衣装のボタンを外そうとすると、まるでそれを邪魔するように彼の指がきゅっと乳房の先端をつまみあげる。

「きゃっ……！」

それだけで、ビリッとした刺激が走り、肩が跳ね、思わず無意識に身体が後ろへ逃げる。

もちろんアリオスがそのまま逃がすわけがなく、逃げた分だけ距離を詰めて、健気《けなげ》に震えるその場所にしゃぶりつくように吸い付かれた。

「ひゃ、あぁっ……！」

熱い舌が乳首にねっとりと絡みつく。

とたんそこを始点に甘い熱の波が全身に広がって、か細い悲鳴に似た声を上げさせた。

「あ、あ、ああ……」

彼は飴玉《あめだま》を転がすように何度も舌を這わせ、そして吸い立てる。

乳房を下から掴み、その場所を尖《とが》らせるように突き出させた上で、そこから甘い汁でもにじみ出てくるかのように、何度も何度も。

呼吸が乱れた。

まだ触れられてもいない下腹が波打つようにわななないて、その奥の秘められた場所までも熱く引きつらせるようだった。

経験したことのない強い熱の刺激に慣れない身体ははじめ戸惑うばかりだったが、それをセレティナの頭が快感だと認識すると一気に甘い愉悦が背筋から腰まで駆け下りていく。

「ん、んっ……」

声をかみ殺すセレティナの両足がもどかしげに揺れた。

「……腰が揺れている。気持ちいい？」

ちゅ、と淫らな水音を立てて飽きることなく胸の先を口に含むアリオスの髪を両手でかき乱すように抱きしめる。

恥ずかしい、こんなこと。

でもそれ以上に気持ちいい。

誰かに……いや、好きな人に触れられることがこんなに気持ちいいなんて知らなかった。

しかもその気持ちよさには種類がある。

優しく抱きしめられて、暖かな毛布に包まれるような穏やかな心地よさと、肌に直接触れて身体の奥に宿した火種を大きく膨らませるような暴力的な心地よさでは全く違う。

今セレティナが与えられている快楽は間違いなく後者の方だ。

「君の全部がほしい。サラサラの綺麗な黒髪も、深い紫の瞳も、小さな唇も……吸い付くような肌や身体は華奢なくせに、豊かな胸やお尻も、細い腰も、手指の爪の先まで全部。君の身体の中まで触れて、味わって、一つになりたい……」

赤裸々な欲望の訴えは、セレティナの頭を焼き、羞恥を招き、これまで以上に肌を色づかせた。

体温が高まるたびに、じわじわとにじみ出ている汗すら自分のものとするように、アリオスはその綺麗な顔には相応《ふさわ》しくないくらいに執拗《しつよう》に彼女の胸をしゃぶり、膨らみに舌を這わせ、徐々にその官能的な口づけの範囲を広げながらセレティナの身体をベッドへと押し倒す。

「綺麗だ。想像していたより、ずっと」

言い様、彼自身も火照った身体の熱さに耐えられなくなったのか、セレティナが外しかけていたボタンの残りをむしり取るように外して、自身が纏う上着をベッドの下へと脱ぎ落とす。

そののちにセレティナの腰元にわだかまっていた彼女のドレスや下着まで、剥ぎ取るように同じく床へ投げ出した。

思わずセレティナが両手で己の身体を隠すように抱いたのは、生まれたままの姿になった彼女の裸体をアリオスの青い瞳が執拗に見つめていることに気付いたからだ。

失いかけていた羞恥がふっと戻ってくるくらい、露骨に雄を感じさせる眼差しだ。

「あ、あまり見ないで、恥ずかしいから……」

「いまさら？　無理だよ、そんなの」

「だって……あなたの目つき、すごくいやらしい……」

「いやらしいことをしているんだ。当たり前だ。それに君だって、似たような顔をしている」

思わず両手で自分の頬を押さえた。

自覚はなかったが、でも否定はできない。

だって、期待している、この先のことを。

「……そう、ね。そうかも……ねえ、私、あなたの名前を呼びたいの」

躊躇いながら、問いかけた。

けれどその問いはアリオスにとっては意図が掴めないものだったらしい。

「それはもちろん、いくらでも呼んでほしい」

「じゃあ、今夜だけ……あなたをアロイスと呼んでもいい？」

「えっ？」

「王子であるあなたを、否定するつもりはないの。でも、私が最初に会って、恋をしたのはアロイスと名乗るあなただった。だから……今夜だけ、もう一度あなたをそう呼ぶことを許してほしい」

きっと彼をその名で呼ぶのは今夜が最後になるだろう。

そして夜が明けたら自分たちは第二王子と侯爵令嬢として違う道を歩むことになるのだと思う。

セレティナだって、この二人の時間がいつまでも続くものではないと判っている。

だから、せめてこれから先の自分のために、王子ではなくただ一人の青年として出会った、アロイスとの恋の最後の思い出がほしい。

「……ティナ」

「だからあなたも、私をティナと呼ぶのは今夜で最後。明日からもしその機会があったら、ちゃんとイクラム侯爵令嬢として私を扱ってね」

なんだか泣きたくもないのに涙がこみ上げて、視界が潤む。

場の空気を重くしたくないと精一杯笑顔を浮かべたつもりだけれど、目の前で辛そうな表情をしている彼の顔を見ると、自分がとても残酷なことを口にしたような気がして胸が痛んだ。

だけど、もう図書館で出会った、アロイスとティナの二人のままではいられないから、どこかできちんと線を引かなければと思うのだ。

「……判った。俺も、君をティナと呼ぶのは今夜を最後にする」

どこかやりきれなさを込めた瞳でアリオスは切なげに笑うと、自らの身体の残りの服を脱ぎ捨て、寝台に横たわるセレティナに覆い被さる。

ベッドサイドの淡いランプに照らされて浮かび上がる彼の裸体は、昨年、市で触れた時に感じていたように、鍛えられた逞《たくま》しい男の身体をしている。

緩やかに盛り上がる腕や肩の筋肉も、無駄なく引き締まった胸から腹の質感も……さすがにそれ以上視線を下げる勇気はなかったけれど、その腕に囲われると自分が随分小さな少女になったような気がする。

「……私、あなたに求婚されて、すごく嬉しかったの。手紙に書いてくれた、大事な話があるって言葉で、もしかしたらってずっと期待していた」

「俺はどうやって君に肯いてもらおうかとすごく緊張していたよ」

手を伸ばし、彼の腕に触れる。

するとアリオスはその上体を倒すように近づいて、セレティナの背に回した腕で抱きしめる。

彼の肩口に顔を埋めると、ほんのりと汗の匂いがして頭の中がくらくらした。

「……あの時は、ちゃんと言えなくてごめんなさい」

詫びて、両手を彼の腕から頬へ移動させると、その顔を引き寄せて頬に口づけた。

「あなたが好きよ、アロイス。あなたは、私の初恋だわ」

「俺も、人を好きになったのは君が初めてだ」

二人の顔が近づく。

再び重なる唇は、幾度も触れては離れ、再び角度を変えて重なって、唾液も呼吸も声も体温も、全てを共有するように深さを増していった。

自分とは違う人の味がする。じんと痺れるような、甘いような苦いような上手く言葉にできない味は、執拗に互いの舌を絡め、すすり、歯を立てる内に自分の味と混じって判らなくなる。

「ん、ん……ふ、あっ……」

「は、もっと……」

互いの舌を繋ぐ透明な糸の太さを増すようにアリオスは幾度もセレティナの唇を塞いで、その素肌の乳房を探った。

両手合わせて十本全ての指が両胸の膨らみを握り、捏ね、揉みしだく。

既に色を深め、つんと上向いている小さな胸の先をくびりだすようにつまみ、右へ左へとひねるように弄《いじ》るたび、そこは硬度を増して、セレティナでも見たことがないくらいにいやらしく膨らんでいた。

「胸が弱い？」

ペロッと尖った胸の先を一舐めされるだけで、腰が跳ね上がった。

「あっ、んっ」

再びしゃぶるように強く吸い付かれる。

かと思えば舌の先でチロチロと擽《くすぐ》るように舐められると、胸の先から手足の指の先まで甘い痛みが走り抜けて、背筋が弓なりにしなる。

全身が熱い。

とりわけ熱いのは、両足の奥……女の身体の中でもっとも秘められた場所だ。

もじもじと揺れる両足を、下腹を滑った彼の手が大きく割り開いたのは、アリオスの舌が胸の先から乳房の膨らみ、そして腹へと降りた時のことだ。

「きゃっ！」

隠したかった繊細な場所を露わにされて、羞恥で小さな声が漏れる。

咄嗟《とっさ》に身をひねり、両手で隠そうとするけれど、その手はすぐに遮られた。

「駄目だ、隠さないで。君は全部俺のものだろう」

「そ、そんな約束したかしら……」

「言葉で約束していなくても、飢えた男の前に身をさらしている時点で覚悟しないと。そういうところは、箱入りのお嬢様だな、ティナは」

なんだかちょっと馬鹿にされたような気がして、むっと赤く染まった頬を膨らませるけれど、長くは続かなかった。

すぐに露わにされたその場所に、彼の長い指が、つっ、と表面をなぞるように触れてきたからだ。

「……っ」

かすかに息を呑み、びくっと腰を揺らした。

アリオスの指は何の引っかかりもなく女の秘められた花びらの間を、上から下へと滑り落ちていく。

その指が滑らかに動くのは、花の中心からしとどに溢れた蜜のせいだ。

「すごいな……ドロドロだ。ティナは箱入りのお嬢様なのに、ここは随分積極的だね」

「い、意地悪を言わないで」

そこがとっくに潤っていることなど自分でも自覚している。

だから隠したかったのにと言わんばかりに顔を背けるセレティナの顔は、もうこれ以上は無理と思えるくらい真っ赤だ。

はあ、と呼吸をするたび身体が熱くて、滲んだ汗が一筋珠を結んでシーツに滑り落ちる感覚にすら、小さく震えた。

「君が受け入れてくれているようで、俺は嬉しい」

言いながら、彼の指が動く……陰唇の形を確かめながら、蜜をまぶすように。

その指先が、花の奥で顔を出し始めている陰核を探り出す。

「君のここも可愛い……触れるのは初めて？」

くるっと根元の周囲をなぞられるだけで、明確な快感に小さく腰が跳ね上がり、呼吸が浅くなった。

答えることもできずにぎゅっと目を閉じると、陰核の根元をさすったままアリオスのもう片方の手がさらに下の蜜道への入り口を探り出す。

予告なく、ずっ、と指が一本中に入ってくるのと、陰核のてっぺんの皮を剥《む》くようにしごかれるのとはほぼ同時だ。

「やっ‼」

途端、今までのどんなものよりも強い刺激に襲われて、下腹が波打ち、意思と関わらず今度は腰が大きく跳ね上がった。

強すぎる刺激から逃れたくて腰を引こうとするのに、アリオスはセレティナを逃がさない上に、陰核への刺激も、蜜道を開く行為も止めようとしない。

「や、だめ、そこいや……！　痛いから……っ‼」

「痛い、じゃなくて気持ちいいんだよね？　痛いことなんて何もしていない、今はまだ」

じたばたと藻掻《もが》くセレティナの身体にアリオスが自分の体重を掛けてくる。

大きく両足を広げたまま、その間に落ち着いた男の身体にのし掛かられると、セレティナなど貼り付けにされた蝶《ちょう》のように寝台に押さえつけられて身動きもままならない。

「あっ、あ、んっ、いや、あっ……」

「もっとたくさん濡れてきた。ここ、少し膨らんできたね」

「い、言わなくていいから！」

余計なことを言う彼の唇を塞ぐように噛みつく。

まるで子猫の甘噛みのようなセレティナのキスに、アリオスは目を細めて笑い、そして口づけを返した。

深い口づけを幾度も仕掛ける彼の首裏に両腕を回してすがりつきながら、下肢では無垢な身体に対して容赦のない指がまさぐり、聞くに堪えない淫らな音楽を奏で始める。

そう、まるで自分が楽器にされたみたいだ。

甘い声も、いやらしく濡れる身体も、そこから奏でられる音も、そして意地悪なアリオスの言葉も全てが互いの熱を上げ、追い詰めていく。

彼の手が気持ちいい。

その肌が、体温が、その存在全てが愛おしくて心地よくて堪らなくて、それらが与えてくる淫らな快感に頭がおかしくなりそうだ。

気がつくと胎内に埋められた指が二本に増え、それは内側の狭い場所を広げるように幾度も行き来する。

苦しさと、違和感と、それ以上にもっとも深い場所を探られている。淫猥《いんわい》な愉悦に喘《あえ》ぐ内、その指は三本に増えてぐちゃぐちゃと中をかき乱し続ける。

さすがにこれまで何一つ侵入を許したことのない場所に、男の指が三本も沈めば引きつるような痛みを覚える。

「アロイスの嘘つき……痛いこと、していないって言ったのに……！」

「ごめん、でもこうしないと、きっともっと痛いよ。……ああ、ティナ、俺のものだ。俺だけの…………にも、……さない」

息が苦しい。

アリオスの言葉がところどころ聞こえない。

でもそれを確かめる余裕もなく、やがて両足を抱えるようにさらに大きく開かれたその間に、熱く硬いものが押しつけられる。

「ごめん、もう……我慢できない……」

それが何かをセレティナが理解するより早く、うめくようなアリオスの声と共にぐっとそれが小さな入り口を割り開いて強引に中へと押し入ってきた。

「いっ……ったあい……！！」

じんと広がる痛みが、それまで快感でほどけかけていた身体を一気に強ばらせた。

腰も、太ももも、下腹も、それ以外も。

全身をガチガチに硬直させるセレティナの身体に、アリオスも苦しげに眉間に皺《しわ》を寄せると、その硬直を和らげるように彼女の肌の表面を撫でながら、口づける。

「待って、まって、痛い……、お願い、抜いて……！」

「ごめん、それはできない。少しここで待つから……そう、息をして、身体の力を抜いて……」

ふー、ふー、と荒い呼吸がセレティナの口と鼻からこぼれ落ちる。

まるで機嫌の悪い子猫が威嚇しているようにも聞こえるが、本人からすればそんな可愛いものではない。

初めては痛いとは聞いていた。

アリオスもその痛みを和らげるために、あれこれと身体を解そうとしてくれていたのだと判っている。

それでも内側を大きなもので半ば強引に開かれる苦しみを消すことはできないのか、串刺しにされた場所から広がる痛みにどうしても身体の力が抜けない。

泣きたくもないのに、ぽろぽろと涙が零れた。

こんなに痛いのに止めてくれないなんてひどいと思うけれど、途中で止めずにいる彼にどこかホッとしてもいる。

「……お願い……抱きしめて、アロイス……」

「うん……いくらでも」

「好きよ、好き……あなたが好き」

「俺も好きだ、愛しているよ。だから君の全てがほしい」

なんて判りやすい要求だろう。

好きだから、全てを望む。

当たり前の、シンプルな欲望はセレティナにも確かに存在している。

だったら痛いのも仕方ない。

汗で濡れた肌と肌をこれ以上ないくらいに密着させ、その胸に抱かれながら幾度も浅い呼吸を繰り返す。

そう、ほしい。

ほしい、この人が。

たった一夜だけのことだとしても、だからこそ今は全てほしい。

「……お願い、少しずつ……そうしたら、きっと我慢、できるから……」

「うん……」

「……あなたは、辛い……？」

「……うん……君が好きすぎて、辛い……」

何度目かも判らないキスをした。

そうして二人は少しずつ時間を掛けて、そのつながりを深めていく。

彼自身がセレティナの奥深くに届くまでに、どれほどの時間がかかっただろう。

身体は痛くて、でも一つになれた実感が幸せすぎて、セレティナも、そしてアリオスも少し泣いた。

少しずつ痺れたように痛みがぼやけてくるのは、身体が慣れてきたのか、痛覚が麻痺《まひ》してきたのか。

どちらにせよ、痛みが薄れたことで侵入を拒むように硬くなっていたセレティナの内側が、柔らかくほどけて、中の雄をぎこちなく包み込む。

「……柔らかくなってきた……」

切なげに、彼が呟いた。

それがどこをどんなふうに、とはあいにくセレティナにはまだよく判らないのだけれど、苦しげだった彼の眉間の皺が和らいで、呼吸に熱が籠もる様子にホッとする。

「……今、少し締まった」

「えっ……い、痛いの？」

「違う。……気持ちいいってことだよ」

ああ、と彼の唇から漏れる熱っぽく、艶《つや》めいた声が耳からセレティナの神経を冒すようだ。

男の人も、こんな声を出すんだと思うと、知らぬうち腹の中が波打ち、幾度も男を煽《あお》るように蠕動《ぜんどう》しはじめる。

「ん……っ……」

「……だめだ、保《も》たない……ごめん、動く」

言うやいなや、セレティナが言葉の意味を理解するよりも早くに、アリオスが腰を使い始めた。

途端、治まっていた痛みがぶり返して小さな悲鳴を上げるけれど、今度は彼も止まってはくれない。

最初は単純な前後運動で。

続いて奥を探るように、円を描くように中をかき回されて、いつしか二人の口から溢れるのは意味をなさない嬌声《きょうせい》か、相手の名ばかりに変わっていく。

「アロイス……！　ん、あっ、あぁあっ！！」

「ティナ、ティナ………！」

正面から、横から、そして背後から。

自分でもどんな格好をしているのかも判らないくらいにアリオスの手に姿勢を変えられて、幾度も貫かれ続けた。

セレティナの初めての身体は、まだ胎内で雄の存在に悦《よろこ》びを感じるほどには熟れていない。

奥を突かれるたび息が詰まるし、繰り返し擦り上げられた胎内は麻痺したようにもったりと重たい熱が絡みついてくるようだ。

けれど次第に痛みや違和感とは違う小さな感覚が滲み始める。

その感覚と、アリオスの手が身体の至る場所を撫でさすり、肌を触れ合わせる多幸感と快感に意識を集中させる。

「あっ、ん、んっ……あん……」

揺さぶられるたびに甘い声が出る。

同じようにアリオスからも荒い呼吸と息づかいが漏れて、室内に広がっていく。

若い恋人同士は、箍《たが》が外れたように互いを求め、貪り合った。

抱擁を求めるセレティナに応じながら、彼は何度彼女の中にその熱を吐き出しただろう。

収まりきらない白濁が蜜液と共に結合部から腿《もも》を伝って、シーツに淫らな染みを広げる。

二人の初めての夜は、限界を迎えたセレティナが落ちるように意識をなくすまで続くのだった。

第三章　恋人達の箱庭

その翌日、セレティナが目を覚ました時にはもうアリオスの姿はなかった。

残されていたのはベッドサイドに置かれた、短いメッセージだけだ。

『必ず戻る。それまでここで待っていてほしい』

……正直なところ、夕べは大いに流された自覚はあった。

それだけアロイスの存在はセレティナにとって大きなものになっていたし、どうせ自分にはまともな結婚などできないのだから、一度くらい好きな人に抱かれて一生の思い出にするのも悪くはない、と心のどこかで思ったのは確かだ。

それでも肌を合わせた翌朝、そばに彼の姿がないことを知るのはそれ相応にショックだった。

あんなに想いを伝えて抱き合ったのに、彼にとっては自分との夜はその程度の価値しかないように思えてしまって。

「何を期待していたの。一晩限りだと決めたのは自分じゃない」

どちらにせよ、望みは叶ったのだ。

できるだけ早く彼とのことは思い出にして、これから先の自分のことを考えなくては。

それに夕べの行為で子どもができる可能性もある。

未婚の母なんてあまりにも体裁が悪いけれど、残りの人生を愛した人の子どもと共に過ごせるかも、という想像はセレティナの心を浮き立たせた。

ゆっくりと寝台から起き上がろうとする。

だが、どうしたことか身体が思うように動かない……とりわけ腰から下が痺れたように力が入らないのだ。

それもこれも夕べの行為のせいだと、己の痴態を思い出して羞恥に全身の体温が上がる。

どんなに忘れようとしても、まだアリオスに抱かれた痕跡は身体中の至る所に残っていて、それがセレティナの乙女心を大きく揺り動かす。

なんとも言えない重たい溜息をこぼした時だった。

「もうお目覚めでしたか。おはようございます、お嬢様」

ノックもなしに開いた扉の向こう、思いがけない人の姿に驚いた。

そこにいたのはセレティナの専属侍女であるマリアだったからだ。

「マリア⁉　どうしてあなたがここに！」

セレティナの記憶では、昨夜何者かに馬車で攫われそうになって、アリオスに救われたのちにどこかとも判らない場所に連れてこられたはずだ。

当然イクラム侯爵家とは縁もゆかりもない場所で、本来なら侯爵家の使用人であるマリアがここにいるはずがない。

どうして、と目を丸くするセレティナに、マリアは両手に抱えていた洗顔用の洗面器とお湯の入ったポットを近くのテーブルに置くと、静かにこちらへ歩み寄りながら答えた。

「今朝早くに侯爵邸に第二王子殿下からのお迎えがあったのです。お嬢様のお世話をするのは気心が知れた者の方がよいだろうと」

「えっ。どういうこと、迎えって……お父様達は私がここにいることをご存じだったの？」

「はい。正確には、お嬢様の居場所は今朝知った、というのが正しいですが」

マリアの手に支えられて、上手く力の出ない身体を寝台から起こした。

そのマリアは、掛布の下から現れたセレティナの無防備な姿を目にして、複雑そうな表情を浮かべたが、それもほんの僅かな間のことですぐに表情を消すと身支度を整える手伝いをしてくれる。

セレティナの世話をしながら、マリアは語った。

「夕べ、旦那様と奥様がお帰りになった後で大騒ぎになりました。お二人よりも先に王宮を出たはずのお嬢様が、まだお戻りではなかったうえに行方が判らなくなっていたので」

両親がすぐに娘を捜すために城へとんぼ返りしようとした時に、一人の使者が現れて手紙を置いていったそうだ。

「第二王子殿下のお名前で、わけあってお嬢様を保護している。詳しい事情は後日改めて説明するから、下手に騒がず連絡を待って欲しいという内容のお手紙だったそうです」

もちろんそれだけでは何一つ事情が判らない。

城にも連絡をしてセレティナの行方を捜す協力をしてもらうべきだ、という意見も出たが両親はその選択をしなかった。

「……正しい判断だと思うわ。通常、侯爵令嬢が王宮からの帰宅途中で行方不明になったなど大事件で、国を挙げて行方を捜すのでしょうけれど……先に陛下ならともかく、あの王太子の耳に入ったら行方を捜すどころかこれ幸いと醜聞《しゅうぶん》として広げるでしょう」

「はい。旦那様も奥様も同じお考えでした。それに……第二王子殿下のお考えも判りかねましたので」

その手紙を届けた者を捕まえて事情を聞こうにも、その時には既に姿を消していた。

結局、騒ぎ立てて万が一のことになってはと、手紙の指示に従うしかなかったのだと、マリアは続けた。

「そして夜明け頃に再び連絡が入りました。今度は手紙などではなく、第二王子殿下ご自身がひっそりと屋敷にいらっしゃったのです」

両親とアリオスが何を話したのかまでは、マリアは判らないという。

だがほどなくして三人の元へ呼ばれ、しばらくセレティナはアリオスの保護下に入ること、そしてその世話をするようにと命じられて、取るものも取らず急ぎこの屋敷へやってきたのだと告げた。

「アリオス殿下はその後どうなさったの？」

「判りません、私をこのお屋敷に連れてきてくださったのは、別の方なので……殿下とはお屋敷前で別れましたが、おそらく城にお戻りになられたのではないかと思います」

「そう……じゃあ、あなたはそれ以上の説明は受けていないのね？」

「はい。差し支えなければ、昨夜何があったのかお教えいただけますか？」

マリアは無理にとは言わなかったが、その顔を見れば昨夜からどれほど心配させていたのかが判る。

なのに昨日の自分ときたら、恋心に溺れてその気持ちを最優先にしてしまっていた。

申し訳なさに身を竦めるより他にない。

「心配をかけてごめんなさい……私も事情がよく判っていなくて……ただ、帰りにうちのものだと思って乗り込んだ馬車が、偽装されたもので、何者かに攫われそうになったみたいなの。そこを、多分……アリオス殿下が助けてくださったのだと思うけれど……」

「……お怪我《けが》はございませんか？」

「ないわ。身体は無事よ」

「身体はご無事、ですか」

じっ、とマリアの視線がセレティナを見つめている。

もの言いたげなその視線から堪えられず、無意識に視線を泳がせてしまった。

確かに怪我などはしていないが、完全に無事かといえば、そうとも言い切れない……何しろセレティナは夕べ、貴族令嬢が大切に守らなければならなかった純潔を失ってしまったのだから。

それも自ら差し出すことで。

「……差し出がましいこととは承知しておりますが、お嬢様はアリオス殿下とのご結婚をお考えになっておられるのでしょうか？」

できれば触れないで欲しかったけれど、やっぱりそうはいかないらしい。

マリアが純粋に自分のことを心配してくれていると判るからなおさらだ。

「まさか。結婚なんて、できるわけないってちゃんと判っているわ」

「……では、殿下がご無体を？」

「いいえ。二人で望んだのよ。私は全部判っていて、それでも彼を受け入れたかった。だからこの件でアリオス殿下を悪く思わないで。私が自分の判断で行ったことよ」

「…………そうですか」

「あなたもアロイスとは面識があったものね。色々と複雑でしょうけれど、この件に関して私はそんなに悲観的に考えていないの。だって、一度だけでも本当に好きな人と結ばれたのだもの」

それに大切に貞操を守っていたって、今のセレティナには価値がない。

唯一、結婚したいと思った人との未来も難しいと判ってしまったし、生涯独身は決まったようなものだから、これはこれでよかったとは思っている。

「お嬢様がご納得されていらっしゃるのなら、それでよろしいのですが……本当に、無理強いをされたわけではないのですね？」

「ええ」

ここでやっと、マリアは少しホッとしたように口元を綻ばせた。

どうやら何よりも彼女が心配していたのは、純潔云々《うんぬん》というよりも、セレティナが意に沿わぬ形で傷つけられることだったらしい。

自分のことを本当に心配してくれる人は貴重である。

そして事情もよく判らないのに駆けつけてきてくれたことに感謝しなくては。

「まずはご入浴された方がいいかと。それからお食事にしましょう。王子殿下がいつお戻りになるかは判りませんが、お話をお聞きになるまでお待ちになった方がいいと思います」

「そうね……お父様とお母様に話が通っているのであれば、慌てて帰る必要もなさそうだし。マリア、手伝ってくれる？」

「はい」

その後、セレティナは軋む身体を引きずるようにマリアの手を借りて入浴を済ませ、共に朝食を取りながら、アリオスの訪れを待った。

何がどうしてこうなったのか、その話を彼自身から聞かなくてはどうしようもないからだ。

屋敷にはセレティナとマリアの他、下女と料理人の必要最低限の使用人、そして騎士が五人ほど詰めているらしい。

おそらくその騎士はセレティナの護衛か監視か、あるいはその両方かだ。

一体、自分の知らないところで何が起こっているのだろう。

複雑な感情を抱きながら、セレティナはその答えが得られる時をじっと待つのだった。


それから何事もなく三日が過ぎた。

まだアリオスが戻ってくることはなく、毎日することもなく、話し相手はマリアだけ。

外に出たくても、庭に出ようとするだけで常に目を光らせている騎士に止められてしまう。

「あなた達は何か知っているの？　知っていることがあれば教えて欲しいのだけど」

と訪ねても、騎士達は決まって同じ言葉を繰り返すばかりだ。

「アリオス殿下のお戻りをお待ちください」

最初は何か事情があるのではと殊勝《しゅしょう》な気分で待っていたセレティナも、三日目ともなると次第に不満が募ってくる。

一言の説明もないとなればなおさらだ。

そしてその不満は、アリオスへの疑惑に変わっていった。

もしかして、自分は彼に騙されているのだろうか。

今の自分の状況はアリオスが仕組んだことで、求婚を断られた腹いせに愛人にでもしようとしているのだろうか、と。

こんな疑いなんて抱きたくないけれど、そうでもなければ今の自分の状況が説明できない。

（アロイスなら、そんなことはしないと信じられる。でも……アリオス殿下のことは、私は何も知らないのよ）

何より彼はやっぱりあの王太子の息子だ。

フリッツなら本人の意思を無視して無理に閉じ込め、日陰の身に堕とすことくらい平気でするだろう、何せ衆人環視の前で未婚の令嬢に愛妾になるよう要求してくるような男なのだから、と。

親と子どもが同じ人格だなんて思っていない、本当はこんな疑いなんて抱きたくない、事情があるならきちんと話をしてほしい。

「お嬢様。アリオス殿下がお戻りになりました」

だから三日目も終わろうかと言う時にやってきた彼の訪《おとな》いには、安堵《あんど》というよりもやっとか、という焦燥感の方が強かった。

「お会いになりますか？　それとも、朝までお待ちいただきますか？」

紳士が淑女の元を訪ねてくる時間はとっくに過ぎて、セレティナは寝間着姿になっている。

本来ならマリアの言うとおり、朝まで待たせてから会うのが正しいのだろうけれど、それまで待っていられそうにないのはこちらの方だ。

「いいえ、お会いするわ。マリア、殿下にリビングでお待ちいただけるようにお伝えして。それから、身支度の手伝いをしてちょうだい」

「はい。かしこまりました」

寝間着から昼間と変わらぬデイドレス姿に着替えるのは、せめてもの意思表示だ。

ドレスは淑女の武装でもある。

私はあなたを無条件で、いつでも無防備に受け入れるような女ではありませんよ、と。

また会う場所をあえてリビングに指定したのも、今夜は以前のような関係になるつもりはありません、という意味を込めている。

そんなセレティナの意思を、アリオスは敏感に感じたらしい。

「……来るのが遅くなって申し訳ない。随分長いこと、待たせてしまったみたいだね」

マリアを伴い、しっかりと身支度を整えてアリオスの元へ出向いたセレティナの隙のない姿に、彼はほんの少し寂しそうに謝罪した。

その姿に早くも絆《ほだ》されそうになってしまうのは、セレティナの弱さだろうか、あるいは甘さだろうか。

「身体の方は大丈夫かな」

かあっと頬が赤らんだ。

あの夜、随分無茶させられたことを問われているのだ。

「……だ、大丈夫です」

それから背後から突き刺さるマリアの視線に背筋を伸ばし、振り返る。

「少し席を外してもらえる？　殿下とは本音で話をしたいの」

「承知しました。廊下で待機しておりますので、何かございましたらお呼びください」

マリアの後半の言葉はおそらくアリオスに向けてのものだろう。

もしお嬢様の意に沿わぬことをするならば、身を張ってでも止めに入るぞ、という。

王子に対して不敬な言動かもしれないが、マリアも彼がアロイスの時には身分の垣根なく言葉を交わす機会も多く、彼ならば無体な真似《まね》はしないと信じられたのだろうが、今のアリオスまで同じかどうか判断がつけられないでいるのだ。

彼が王子であったことに驚き、複雑な感情を抱いたのは何もセレティナだけではない。

「俺は随分警戒されているみたいだ」

「普通なら考えられない状況です。仕方がありません」

「……そうか。そうだね」

今、二人の間に漂うのは独特の緊張感だ。

抱き合った三日前の夜とは違う、ピリッと引き締まる空気にどちらも居心地の悪さを覚えながらも、避けて通ることはできそうにない。

正直、気まずい。

脳裏に蘇る記憶が恥ずかしすぎて、全身の体温が上昇するし、どんな顔をしていいか判らずに逃げ出したくなる。

けれど、夢を見る時間はもう過ぎた。

彼から聞き出さなければならない話はたくさんあると、努めて冷静な表情を作りながらセレティナ

は上ずり掠《かす》れそうになる声を、静かに喉の奥から押し出した。

「事情を、お話しいただいてもよろしいですか？　あの夜、一体何が起こったのでしょう。私を攫おうとした者は誰で、何を目的としていて、そしてどうして殿下が駆けつけてこられたのか。全てつまびらかにお話いただけるとありがたく思います」

「判っている。まず、結論から言おうか。君を攫うように指示した黒幕は、俺の父であるフリッツだ」

「……えっ」

「君を攫い、その名誉を傷つけた上でその事実を公表するつもりだったらしい。……君が二度と、表舞台に出てくることができないように」

思わず絶句してしまった。

この三日間色々な想像をしていたけれど、予想の斜め上をいく言葉に、停止した思考を再び動かすのに多少の時間がかかってしまう。

犯人はあの王太子で、理由はセレティナを表舞台から引きずり下ろすため？

「……どうしてそんな……わざわざそのような真似をしなくとも、我が家の名誉なんてとっくの昔にあなたのお父様に地に堕とされているのに」

「そうだね。だけど、今のイクラム侯爵家に対する悪評は、君にというよりも君のご両親に対してだ。そして表向きは父におもねっていても、内心では侯爵家に同情する声も多いことから、父は徹底的に名誉を堕とすつもりだったらしい」

瞬間、カッと頭に血が上るのを自覚した。

「こんなに長い間、いたぶり続けておいてまだ足りないって、どこまで性根が腐っているんですか！」

堪えきれずに声を上げた直後、ハッと口を噤む。

仮にも王太子はアリオスの実父だ。

王族への不敬な発言が表沙汰になったら罰則を受ける。

そうでなくとも事情があったとしても、息子に父親のことで面と向かって罵《ののし》ってよい理由にはならない。

「……申し訳ありません、言葉が過ぎました」

噛みしめるように告げた謝罪に、アリオスは静かに首を横に振った。

「いや。そう言いたくなるのも当たり前のことだ。息子として、父の愚かな言動を止められずにいたことを、申し訳なく思う。……そして、君にもう一つ謝罪しなくてはならないのは、父が君の名誉を穢《けが》そうとした元々の原因は俺にあるということだ」

眉を顰《ひそ》めるセレティナに、アリオスは語った。

この一年ほどの自分の行動を、フリッツに知られてしまった、と。

「どうやら頻繁に城を出る俺の行動に疑問を持ち、監視をつけられていたらしい。そのせいで、俺が君に求婚したことを知られてしまったようだ」

アリオスとは図書館で多ければ週に二度、少なくても二週に一度は会っていた。

それだけ頻繁に王子が城を留守にしていたら、もっと早くに気付いていてもおかしくない。セレティナに言わせればよくそれまで保ったなと思う。

アリオスが上手く誤魔化していたということでもあるだろうし、フリッツが息子の動向に無関心だったということの表れにも思える。

「……なぜ殿下は王立図書館に？　ただ本を読みたいだけなら王宮図書館でもよかったのでは？」

「人目を気にせず、気兼ねなく過ごせる一人の時間が欲しかったんだ。王宮図書館では誰もが俺を王子として見るし……王立図書館の方が大衆向けの作品が多いことも理由の一つだね」

アリオスの話では、こういうことらしい。

元々、アリオスは王子としての自分の立場に強い抵抗感を覚えていた。

もちろん王族として生まれたからにはそれ相応の責任と義務があることは承知していたし、自分の役目も果たすことに不満はないけれど、何をしていても、どこにいても注目を浴びる日々が苦痛だったと。

王立図書館で一般人として読書を楽しんでいる間は、その視線から逃れられる貴重な時間だったのだ、とも。

「甘えと言われれば否定はできない。兄は俺なんかよりずっと多くの視線を浴びているし、そこから逃れられる時間も殆どないからね。兄よりも自由な時間を取りやすい俺が堪えられないなんてな話だと承知している」

それでも、小さな頃から城はアリオスにとって居心地の悪い牢獄《ろうごく》のように思えてならなかったのだと彼は言った。

「近寄ってくる者達は皆、俺ではなく王子としての肩書きを見ているような気がして、嫌だった。優秀な兄と比べられるのも負担だったし、父との関係も息苦しくて仕方なかった。俺が極力社交界を避けていることは知っている？」

「はい。王族として義務のある公的な場を除き、社交にはそれほど多くお姿をお見せにならない。ですから私も失礼ながら殿下のお顔を覚えておらず……稀《まれ》にお会いすることがあっても、直視はできませんでしたから」

「うん。だから俺も君が侯爵令嬢だと気付かなかった。本当に恥ずかしい話だけど」

もしどちらかが相手の顔を知っていたら。

その身分に気付くことがあったら、きっと身を引いてできるだけ関わらないようにしていただろう。

こんなふうに二人きりで向かい合って話をすることもなかったに違いない。

それが結果的に良かったのか、あるいは悪かったのかは別にして。

「……せっかくですのでもう少し踏み込んだお話をお聞かせいただいても構いませんか？　きっともう二度とこんな機会はない気がするので」

「ああ」

アリオスがなぜ城下の王立図書館に入り浸っていたのか、その理由は判ったと思う。

つまり城での生活が、彼にとってはそれだけ息苦しかったということだ。

二人の王子達と王太子との親子仲が上手くいっていないという話はセレティナも耳にしたことがあるし、先ほどの口ぶりでもそれは事実らしい。

「殿下は、お父上が私の両親に行っていることはご存じだったのですよね？」

「もちろん」

「そのことについては、どうお考えだったのですか？　やはり噂のように、イクラム侯爵家が虐《しいた》げられても仕方がないと思っていらっしゃった？」

きっとセレティナを前にしては答えにくい問いだろう。

けれど彼は口を閉ざすことはしなかった。

「……気の毒だとは思っていたよ。でも、父を窘めたり、世間の噂から守ったりしようと思うほどには思い入れはなかった」

「……」

「もちろん、父の行いは褒められたことではない。……でも、そんな扱いをされるイクラム侯爵夫妻にも問題があったのではと……正直なところ、そう思っていた」

それは本当に正直な言葉だった。

おそらくそうだろうとは思っていても、改めて口にされるとそれ相応の衝撃はある。

だがアリオスの言葉はここでは終わらない。

「だけど、三、四年前かな。本格的に公務に関わり社交界に顔を出すようになって、それまでは噂に聞くだけだった君の両親と、初めて顔を合わせた時、疑問に思ったことは覚えている」

「……どんなふうに？」

「この人達は本当に、噂通りに虐げられても仕方がない人たちなのだろうか、って。俺は、そうは思えなかった。君のご両親はお互いを大切に思い、愛し合っている夫婦に見えた。決して好ましい始まりではなかっただろうに、互いを庇《かば》い、支え合っているように見えた。それに比べて、俺の両親はどうなんだろう、って」

王太子夫妻についての噂は、やはり聞こえてくる。

二人の恋は物語にされるほどに美しい愛として広まっているけれど、昔はともかく今は王太子とその妃《きさき》が共に行動している姿を、少なくともセレティナは見たことがない。

「王太子妃殿下は、お身体を壊されて療養中と伺っていますが……」

「そんなのはただの口実だ。母は、俺たち兄弟を産んだ後、もう長いこと王太子妃の役目を放り出している。二人の愛はとっくに冷め切っているよ」

「私の母から婚約者を奪い取ったのに？」

「気持ちが盛り上がっていた当時は何でもできるつもりでいたのだろうけれど、現実は母が思うほど甘くなかった。一応本人なりに努力はしたらしいけれど、結局母は王太子妃になれるほどの教養を身につけることができなかった」

実の母に対して随分と手厳しいけれど、王太子妃アデリシアは元々一介の男爵令嬢だった。

幼い頃から高い教養を求められる高位貴族令嬢とは地力が違う。

下位貴族令嬢が王太子妃となるには、それこそその候補者たる令嬢達が幼い頃から何年も掛けて学んでいたことを短期間で身につけなくてはならない。

現実的には殆ど不可能に近い行いだ。

「それでも父が上手く母をフォローしてやれればまだ違ったのかもしれないけどね。でも父は母を助けようとはしなかった。……去年、一緒に市に出向いた時に見かけた、芝居を覚えている？」

「ええ……王太子妃夫婦と、悪役令嬢……私の母をモデルにしたお話でしょう」

「そう。あの手の話を見るたびに内心ではそんな物語を真実の愛だと夢中になる人を馬鹿にしていた。物語は所詮物語で、現実とは違う。手順を守らず、誠意なく他人のものを横から奪い取ることをよしとする人間は、やっぱりその程度の人間でしかないんだ、って」

所詮浮気をする男はまた同じことを繰り返すし、努力せずに安易に手に入れたものは容易く失われてしまうのだと。

「そんなわけで、さっきも言ったとおり両親と上手くいかず、王子の立場にも辟易《へきえき》していた俺にとって、王立図書館は数少ない息抜きの場所だった。他にもお忍びで都を散策していたりもしたけれど、あの図書館での時間が一番好きだった」

アリオスが父に関心がないように、父も息子に関心がない。

必要最低限の義務さえ果たしていれば見咎《みとが》められることはないと思っていたが、その予想に反して王太子はアリオスの行動に監視をつけていたらしい。

「多分きっかけは、昨年の夏頃から出たマイヤー伯爵令嬢との婚約を、俺が断固として拒否したからだ。それで他に想い人がいるのではと疑われてしまったみたいなんだ」

結果、アリオスはその監視に気付かずあの図書館でセレティナとの逢瀬《おうせ》を繰り返した。

その全ての報告が、父に流れていることなど知りもしないで、だ。

「監視から報告を受けた父は、俺の相手が誰かを知り、そして排除しようとしたのだと思う。……全て俺の責任だ、申し訳ない」

「じゃあ、殿下が私を誘拐した馬車を追ってきたのはどうしてですか？」

「兄に忠告された。父が君とのことに気付いてよからぬことを企《たくら》んでいるようだ、と。それで君と父の行動には注意していた」

確かにフリッツなら、自分の息子が長年馬鹿にしてきた家の娘と恋に落ちるなど許しがたいことだろう。

引き離そうとすることまでは十分理解できる。

でもだからって、息子との仲を終わらせるためだけに誘拐して、不名誉な事件をでっち上げるなど犯罪行為だ。

フリッツならやりそうだ、と思う気持ちと、いくら何でもそこまでするだろうかという気持ちがないまぜになって、今のセレティナは何が正しいのかその判断がつかない。

「……お話は判りました。お助けいただいたことには感謝いたします、ですが王太子殿下にはもうそのようなご心配は不要だとお伝えください。ご命令とあらば、私はもう二度と王都に参りません」

いずれにしても、セレティナがアリオスの元から離れればそれで済む話だ。

元々叶わない恋だと承知しているし、だからこそ夕べを最後の思い出とした。

後ろ髪引かれる想いがないわけではないけれど、それは自分で自分の心に決着をつけるしかないし、これ以上両親を心配させるわけにはいかない。

セレティナにも守らなくてはならないものがある。

「明日には屋敷に帰ろうと思います。大変お手数ですが、どなたか家まで送っていただけるよう手配いただけませんか？」

「残念だが、それはできない」

「でしたら、家から迎えを寄越《よこ》すように伝えてください。私自身が伝えようにも手段がありませんので……」

セレティナ自身今、自分がどこにいるのか把握していない。

マリアに頼もうにも彼女を屋敷へ送ってくれる人が必要になる。

それはアリオスも承知だろうから、断られることはないだろうと思っていた。

「……許可できない」

だが返ってきた答えはこれだ。

少しだけむっとした。

自分でこの場所に連れてきたのに、帰るための協力もしてくれないのかと。

けれどアリオスにも色々と事情があるのだろうと思い直す。

それにこれ以上彼の手を煩わせるのも図々《ずうずう》しいのかもしれない。

「……判りました、では明日の朝、マリアと共にこちらを失礼します。お世話になりましてありがとうございました。このお屋敷のことは誰にも言いませんのでご安心ください」

ならば歩けばいいのだ。

多少遠くても王都の近郊であることを考えれば、歩いて帰れないことはないだろう。

けれど。

「駄目だ。君はしばらくこの屋敷で過ごしてくれ。外へ出ることは許さない」

ようやく、アリオスの拒絶が自分を侯爵邸に帰すことそのものにあるのだと、ここで理解した。

なんだろう、それは。

自分はただ、家に帰りたいだけだ。

たとえ自分がアリオスに保護されていると知っていても、両親だって心配しているはずなのに。

「なぜでしょうか。私が殿下の前から身を引けばそれで王太子殿下の誤解は解けるはずです。両親だってきっと心配しています」

「父は君の誘拐が成功していると信じている。それなのに君が無事でいることを知ったら、今度はどんな手段で危害を加えてくるか判らない。私は君を守りたいんだ」

「ちょっと待ってください。王太子殿下は私が誘拐されたと思っていると仰いましたが、では社交界で私は今どう噂されているのですか？」

今頃になって嫌な予感がした。

そうだ、あの王太子がもし誘拐が成功していると思っているのなら、それだけで満足するとは思えない。

アリオスも言ったではないか、自分を攫わせて表舞台に出てこられないように仕組むつもりだと。襲われてから既に三日が過ぎている。お喋りな貴族達の間に噂として広まるには十分な時間だ。

セレティナの予想を裏付けるように彼は一瞬口ごもり、けれど隠し立てできないと察したのだろう。言いにくそうに告白する。

「……それは……残念だが、社交界にもう広まっている。……君が何者かに襲われ、行方不明だと」

案の定、思った通りの答えに視界がぐらつくようだった。

それはそうだろう。

王太子がイクラム侯爵家だけではなく、セレティナの貴族令嬢としての名誉を穢したいのなら黙っている理由がない。

「……つまり、私はもう価値のない侯爵令嬢として知られているということですね」

「それは……」

「言葉を濁していただかなくても結構です。事実は変わりませんから」

そう答えてから気付いてしまった。

今の自分の状況は、何もフリッツだけに都合がいいとは限らないと。

そもそも、この話はアリオスから聞いただけで、本当に王太子の仕業である証拠がない。

以前にも少し考えたことだが、本当は結婚を断った自分を愛人とするためにアリオスが仕組んだことだ、と言われても通る気がする。

あるいは口封じのためだろうか。

まさか、アリオスがそんなことをするとは思えない。

彼のことを疑いたくない。

けれど、心の中に芽吹いてしまった疑惑を完全に打ち消すことは、今のセレティナにはすぐにはできなかった。

「……とにかく、君の安全が確保されるまでは、ここにいてほしい。悪いようにはしないと約束をする」

「……もし、嫌だと言ったら？」

「だとしても今は君をここから帰さない。判ってほしい、俺は君を守りたいんだ」

そして彼女の疑惑を後押しするように、これまでの会話では常にセレティナに対して気遣い、自分が悪かったという姿勢を守っていたアリオスの纏う雰囲気がこの瞬間変わった。

決して逃さないと言わんばかりの眼差しは、否《いや》が応《おう》でも彼の父親と同じものを感じさせて、ぞっと冷たい物が背筋を伝う。

彼は自分を守ると言うけれど、セレティナの名誉は既に穢された。

この上何から守ろうと言うのだろう。

「……勝手なことばかり」

「判っている。すまない」

「判っていても強引に従わせるつもりなら、口先だけで謝らないで。結局あなたもあの男と同じね、自分の考えや感情が最優先で、相手の気持ちや事情なんて全く考えないんだわ！」

カッと頭に血が上って、言い過ぎたと思った時には既に言葉は口から出てしまった後だ。

セレティナの言葉にアリオスは何も言わない。

ただ、少し悲しげに眉を顰めただけで……でもそれだけの表情の変化でも、自分が言ってはいけないことを言ってしまったのだと判る。

アリオスと、フリッツが同じだなんて本気で思ったわけじゃない。

ただ芽吹いてしまった疑惑を打ち消したいのに、自分の意思を尊重してくれない彼に腹が立って、わざと傷つける言葉を口にしてしまった。

確かにアリオスの言動は納得のいかないことが多いが、だからといって親を引き出して罵っていいことにはならない、その点についてはセレティナが詫びるべきだ。

でも、今すぐはどうしても言葉が出てこない。

「……お話はもう終わりですよね？」

「いや、話はまだ……」

「頭が痛いんです。今日はもう休ませてください……私はどこにも行きません、どうせ帰れないんですから。……おやすみなさい」

立ち上がり、背を向けると部屋から出る。

廊下で待機していたマリアは、どこまで会話が聞こえていただろう。

「もう、何なのよ、勝手なことばっかり……！　何が安全を確保するまでは、よ！」

与えられた部屋へと戻るなりセレティィナは堪えていた感情を爆発させた。

アリオスの考えていることが判らない。

いや、言っていることが本当かどうかも判らない。

「王太子と王子とどっちが悪いの？　それとも私が軽はずみ過ぎたの？　もう何も判らない！」

「落ち着いてください。確かにお嬢様にとっては理不尽でお気の毒なお話ですが、私はアリオス殿下もお気の毒だと思いますよ」

「どうして⁉」

冷静に告げるマリアに思わず食ってかかってしまった。

あなたは私の味方じゃないの、と訴えるような眼差しを向けるセレティィナにマリアは告げる。

その様子だと、室内の会話を全てとは言わないまでも、断片的には聞こえていたらしい。

「ご自分の立場がままならないのは、きっとあの王子殿下も同じでしょうから」

「……それは……」

「思えばアロイス様もそうでした。お嬢様への好意は早い内に見え隠れしていたのに、なかなか言い出せなくて迷っている様子が見て取れましたから。若いなあと思っていましたけれど、今思えばきっと若さゆえの未熟以上に何か色々とお抱えになっていらっしゃったのですね」

「……私の記憶だと、あなたは私より五つ年上なだけだと思っていたけど……本当はいくつなの？」

まるで人生の酸いも甘いも味わい尽くした年齢のようだ。

胡乱《うろん》な眼差しを向けるセレティナに、

「まあ。いくらお嬢様といえど女性の年齢に言及なさるなんて失礼ですよ」

とすまし顔で答えながら、ふふっと彼女は笑った。

むうっと頬を膨らませ、どっかりとソファに腰を降ろす。

マリアを横目に見ながら、セレティナは改めて彼との会話の詳細を説明したのち、問いかけた。

「……アリオス殿下は、本当のことを言っていると思う？」

「どうでしょう。それが判断できるほど、私は王子殿下のことも、王太子殿下のことも存じ上げません」

「私だってそうよ。確かにあの王太子は陰険でものすごく嫌な、大嫌いな男だけど……それでも曲がりなりにも王太子で居続けている男だわ。そんな男がたった一人の貴族令嬢を排除するために、誘拐だなんて直接的な真似をすると思う？」

　これまで王太子には散々嫌がらせをされてきたが、逆を言えば嫌がらせで止まっていた。

　直接的に罠《わな》に填めるとか、あり得ない罪を着せてくるとか、強引に失脚させるだとか、そんな真似まではしてきていない。

　王の目を気にしているからだ。

「何の罪もない貴族令嬢を襲わせるなんて、もし公《おおやけ》になったらさすがに陛下も黙っていないと思うわよ」

　フリッツが王であればもみ消すのは容易い。

　だが今のフリッツはまだ王太子で、その力は王には及ばない。

　だからこそイクラム侯爵家に何か仕掛けてくるのは、彼が王になった後だと思っていたのだ。

「ですがいつか、王太子殿下は王になりますよ。国王陛下は既にご高齢ですし、王太子殿下がそのような大胆な行動を取れるようになってきているのかもしれません」

「それは……そうだけど」

「それにアリオス殿下も必死でしょう。きっとここでお嬢様を逃がしてしまったら、もう二度と手に入れられなくなるでしょうから」

　思わず沈黙してしまった。

　気がつくとソファのクッションを抱きしめている。

泣きそうな、あるいは羞恥するような、なんとも言えない表情をしているセレティナを見下ろしてマリアが目を細めると微笑んだ。

「どちらにしましても、今判断するのは時期尚早に思えます。少し様子を見た方がよろしいのでは？殿下も容易に引くおつもりはなさそうですし、お嬢様は少し決断を急ぎすぎる傾向がございます。大事なことは、心が弱った状態で即決するのではなく、しっかり考えてお決めになった方がよろしいですよ」

「いつかは諦めなくちゃいけないのに？」

「いつか、ということは、今でなくてもいいということです」

「……マリア」

「はい」

「もしかして、人ごとだと思っている？」

「まさかそんな。心外です。私はただ、お嬢様に後悔してほしくないだけですよ。……それに……」

「それに？」

聞き返すセレティナに、マリアはにっこり笑って告げる。

「物語は、ハッピーエンドの方がいいでしょう？」

ぱちぱちとセレティナは目を瞬かせる。

「もう、マリアったら……」

そうして、やっと口元を綻ばせた、半分苦笑交じりで。


こうしてここがどこかも判らない小さな屋敷での生活が改めて始まった。

セレティナをこの屋敷に閉じ込めながら、アリオスは三日に一度程度の割合で訪れては、彼女の様子を窺っていく。

最初の二度ほどはセレティナも閉じ込められた疑いと怒りが勝っていたため、自分から話しかけることはしなかったが、その怒りもいつまでも同じレベルで保ち続けるのは難しい。

相手が話しかけたそうな、歩み寄りたそうな姿勢を見せてくるとなおさらだ。

「もう……こんなに頻繁に通ってきたら、また王太子殿下に見つかってしまうのではないの？」

まるで捨てられた子犬のようなアリオスの視線に負けて、溜息交じりに会話に応じたのは三度目の訪問のことだった。

元々、口も利きたくないくらいに怒っている、というわけではなかったのだ。

ただ何も教えてもらえないことを不満に感じて拗ねていただけで。

「大丈夫、ちゃんと手を打ってきているよ。兄にも協力してもらっている。今の俺は、突然姿の消えた恋人の行方を捜して彷徨《さまよ》う、哀れな王子なんだ」

アリオスの言い分では、彼が頻繁に外出するのは、ある日突然消息不明となった恋人の行方を必死に捜し回っているせいだ、と王太子に思わせているらしい。

もうとっくに見つけて、匿《かくま》っているとも知らないで。

「イクラム侯爵夫妻にも、君の不名誉な噂には心を痛めているけれど……君が再び危険な目に遭うよりはマシだからと、娘の行方が知れず傷心しているように振る舞ってもらっているよ」

「呆れた、そんなことまでお父様たちと打ち合わせていたの？　それにオシリス王子殿下まで巻き込んで？」

「兄はあっちの方から協力するって言ってきたんだ。元々君の危機を教えてくれたのは兄だからね」

「お兄様と仲がいいのね」

セレティナのその言葉に深い意味はない。

ただ思った通りのことを口にしただけだが、なぜかここでアリオスが微妙な表情を見せた。

「……私今、何か気に障ることを言ってしまった？」

「いいや、何も」

「じゃあなんで、そんな微妙な顔をしているの」

「俺が王子だと判った後も、君が以前と同じように話してくれるのが嬉しくて」

自分でも意識していなかったことを指摘されて思わず「あっ」と片手で口を押さえた。

確かに王子相手なのに、いつの間にかアロイスと話していた時と変わらない口調になっていた。

「申し訳ございません、大変な失礼を……」

「嬉しいと言っただろう。せめてここにいる間は、今までと同じように話してほしい」

「それは……でも」

「頼むよ、セレティナ」

髪の色や服装は変わっても、その顔立ちや瞳の色、そして声は変わらない。

懇願するように頼まれると、どうしても消すことのできない恋心が顔を出して、セレティナの無駄な抵抗を防いでしまう。

「……判ったわ。でも、ここにいる間だけね」

ここにいる間だけ、と強調したにも関わらずアリオスはホッとしたようにその口元を綻ばせた。

その笑みと、彼の自分に向ける眼差しが全力で好意を伝えてくるようで、胸の奥が疼《うず》き、じんわりと頬に熱が昇ってしまう。

我ながら甘いなあと思ってしまう。

少し離れた場所で見ているマリアもきっと、簡単に絆《ほだ》されているなと思っているのだろう。

仕方ない、どんなに相手は宿敵の息子だと思っても恋をした相手である。

そんな簡単には割り切れないし、情を捨てることもできないのだ。

「せっかくだから、一緒にお茶はいかが？　時間はある？」

「君との時間ならいくらでも」

「はいはい。王子様でもそうでなくても、相変わらず口がお上手ね」

照れ隠しに適当にあしらうセレティナに、なぜかアリオスは楽しそうに笑う。

王子に対してかなり不敬な言動だと思うのだが、先ほども言ったとおり気安い会話が嬉しいらしい。

お茶の支度にマリアがやってくると、アリオスは彼女に対しても頭を下げた。

「あなたにも随分な迷惑と心配をかけてしまった。本当に申し訳ない」

「恐れ多いことです。王子殿下が一介の侍女に謝罪なさる必要はございません」

「どうか、今の謝罪はアロイスからのものだと受け取って欲しい」

アリオスがアロイスとして振る舞っていた時は、マリアとも気さくな言葉を交わしていた。

そのひとときは思いのほか、彼にとって大切な時間だったらしい。

「承知いたしました。もったいないお言葉をありがとうございます」

アリオスの申し出をマリアは受け入れることにしたようだ。

きっとそうすることで彼の気持ちが軽くなるのなら、と考えたのだろう。

その点、マリアの対応は大人である。

癇癪《かんしゃく》を起こしたセレティナが少しばつが悪くなる程度には。

「では私は下がっておりますので、どうぞごゆっくり」

下がると言ってもすぐに声が届く場所に待機はしているが、少なくとも二人の会話の邪魔にならないように控えている。

アリオスの騎士達も同様に下がり、今このサロンにいるのは二人だけだ。

少しの間二人はマリアの淹《い》れてくれたお茶を味わっていたが、先に沈黙を破ったのはセレティナの方だった。

「……少し、あなたの話を聞いてもいい？」

「俺に答えられることなら」

もとよりそのつもりでいたようだ。

もっとも、答えられないことは沈黙するという意味でもあるだろうけれど、今は目を瞑《つむ》ろう。

「あなたの……第二王子アリオス殿下の話を聞きたいわ。この間少しは聞いたけれど、あなたのことを私は殆ど知らないから」

「俺のこと、か。何から話したらいいんだろう。具体的にどんなことが聞きたい？」

「……好きな食べ物とか、趣味とか？」

なんだか見合いの釣書《つりしょ》の要項みたいなことを聞いてしまったな、と渋面を作る。

けれど、改まって何を聞けばいいのか、セレティナも迷うのだ。

その彼女の問いに、アリオスは笑うと答えた。

「好きな食べ物は肉。特に牛肉のステーキが好きだ。趣味は読書に乗馬、後は剣を少々」

「嫌いな食べ物や不得手なことは？」

「あまり辛《から》すぎたり、甘すぎたり味付けが極端なのは苦手かな。不得手なことは社交。特に腹の内を探り合うようなやり方は、凄《すご》く疲れる」

「……初恋はいつ、誰に？」

「三年前に図書館で出会った女の子に。入館した時からスリに狙われているのが明らかだったのに、全く気付かないで目の前のたくさんの本に目を輝かせている可愛い女の子だった」

「す、好きな女性のタイプは？」

「好きになった人がタイプだ。今は目の前にいる人に夢中だよ」

「……そ、そんなに好きなの？」

「自分でもどうしたらいいか判らないくらい、愛している」

数秒の間の後、セレティナの顔が猛烈に赤くなる。

さすがに誰のことですかと、とぼける度胸はない。

ニコニコと微笑みながら答えるアリオスは平然としているように見えて少し悔しいけれど、ちらと見れば平然なふりを装いながらも彼の耳は真っ赤だ。

そういうのは止めて欲しい、すごく困る……このまま流されてしまってもいいような気になってしまって。

「こ、婚約の話が出ているって聞いたわ」

「話が出ているのは事実だけど、断固としてお断りしている最中だね」

「断り切れるものなの？」

「断るよ。今の俺には失いたくないものは一つしかないし……それに他に愛している女性がいるのに縁談を受け入れるのは、相手の令嬢にも失礼だと思っている」

「王子としての義務や責任があるでしょう。それを放棄すると責められないの？」

「それを言われたら返す言葉は決めているんだ。俺は、父を見習いました、ってね」

つい、微妙な表情になってしまった。

上手いことを言っているつもりなのかもしれないが、ちょっと笑えない。

んんっ、と小さく咳払いをし、セレティナは改めて目の前の王子を見つめる。

「……あなたは、どうしてそんなに私が好きなの？」

多分、きっとこれを問いかけているセレティナの視線は泳ぎがちだし、頬はうっすら色づいている。

そして随分戸惑った顔をしているだろう。

「お世辞にも可愛い女とはいえないと思うのよ。生意気だし、気は強いし、理屈っぽいし、頑固で石頭だし……」

「可愛いよ、とても。家族想いの優しい子だ」

「よ、容姿は、お母様のおかげで、ちょっとはマシかもしれないけど、真っ黒な髪はカラスみたいだし、目の色も」

「綺麗で高貴な宝石の色だ。それに髪も純度の高い黒に艶が入って、触りたくなる」

「じ、地味だし……」

「ご両親から貰った色や容姿を、気に入っているだろう？　心にもないことを言っては駄目だ、君の髪も瞳も、小さな唇に、きめの細かい白い肌も好きだ。言うなればその身体全部、毎日嫌ってほど抱きしめて触って口づけた……」

「ちょ、ちょっと待って、落ち着いて！　それ以上言わないで」

話が妙な方向に流れてしまった。

慌てて止めると、なぜかアリオスは残念そうな顔をしながら、それでも口を閉ざす。

あの夜のことを思い出すと、とてもではないが心臓が保たない。

「……殿下は、私をどうしたいの？　結婚は無理だって判っているわよね？」

「今のままでは難しいことは判っている。状況的にも、そちらの心情的にも」

「だったら……愛人とか？」

「そんなわけない。君をそんな日陰の身にするつもりなんてないよ」

「でも、屋敷を与えられて、生活の面倒を見てもらって……言い方は悪いけど、今の私の状況って限りなくそれに近いと思う」

その指摘を否定はできなかったのだろう。

実際にアリオスはセレティナをこの屋敷に閉じ込めているし、彼女の行動を制限している。

少なくとも今のこの状況は、決して正常とはいえない。

「……それを言われると、俺も反論はしにくいけど……セレティナ、俺からも一つ聞いていいかな」

「なに？」

「君は、どうするつもりなの？　もし……その、子どもができていたら」

「えっ」

絶句した。

思ってもみないことを言われたと言うよりは、なぜ今それを聞くのか、という気分の方が強かった。

「俺たちの間にそういう関係があったことは事実だ。あの夜、俺は確かに君を抱いたし、その……妊娠を避けようともしなかった。もしかしたら、今君のお腹の中で育っていても不思議じゃない」

彼と結ばれた翌朝、目覚めたセレティナも同じことを考えた。

一応は男女の閨《ねや》でのことは学んでいたし、子どもができる行為についても知識はある。

アリオスの指摘する可能性が十分にあることは、理解していた。

「もしかして、あなたが私をここに留めようとするのは、私が妊娠していないか確認するため？」

「それだけではないけれど、理由の一つではある。君と、もしいるならお腹の子を……守りたいと思うのは本当なんだ」

知らぬうち、自分の下腹を押さえていた。

アリオスの真剣な顔を見ると、彼がきちんと自分の責任を果たそうとしているのは伝わってきて、その表情がセレティナの頑《かたく》なになっていた心の一部をほんの少し溶かすのが判る。

少なくとも未婚の娘に手をつけて、後は知らんぷりをするつもりではなく、万が一の時にはできうる限りの責任を取るつもりでいるのだと判ったただけでもよかったと思ってしまう自分に苦笑した。

(結局、私も全然諦められていないのね。アロイスでも、アリオスでも……この人は同じ心を持つ人だって判っている)

考えて、一つ息を吐いた。

「その可能性は私も考えたわ。その時は、もちろん産んで育てるつもりよ。両親にまた迷惑は掛けてしまうけれど、子ども一人なら領地で十分育てられるでしょうし、我が子と一緒に過ごすのも悪くないわ。両親へは別の形で恩返しを……」

「それだよ」

「……？　どれ？」

本気で判らなくて首を横に傾《かし》げた。

セレティナにアリオスは誤解を生まないようにと懸命に言葉をかみ砕いて心情を訴える。

「君が、当たり前のように俺の子どもを産んでくれるつもりでいるのはすごく嬉しい。けど、その君の将来の計画に、俺はいないよね？　いるのは君とご両親や親しい身内だけ、最悪でも自分一人で愛情を注いで育てればいいって思っている」

「それは……」

図星だ。妊娠の可能性を考えた時から、セレティナは端から未婚の母として育てるつもりでいる。

「そんなの俺は嫌だ。愛する人が、自分の子どもを産み育てる未来に俺だけのけ者にされるのは、絶対に嫌だ」

「……」

「頼むから、もう少し前向きに考えてくれないか。この身体に、父の血が流れていることは俺自身にはどうしようもない。過去も変えられない、これまでの出来事に対して君とご家族にはどう頑張ったって謝罪することしかできない。でも、これから先、できるだけよいように変えていく努力はできる」

切実に訴えるアリオスに、セレティナは言葉を詰まらせる。

確かに彼の言うとおりだ。

王太子の息子として生まれたことも、その父親の行いによる数々の出来事も、彼にはどうすることもできない。

彼が立ち上がる。

そしてそのままセレティナの傍らまで歩み寄ってくると跪き、テーブルに片手をついてこちらの顔を覗《のぞ》き込《こ》んでくる。

まっすぐな瞳から逃れようと思わず俯くセレティナの耳に、直接言葉を注ぎ込むように。

「父のことも、君の家のことも、今まで違和感を覚えながら目を背けてきた自分の愚かさも、俺にできることは全部やるし、精一杯改めると誓う。だから、どうかまだ何もしないうちから切り捨てないでくれ。君の人生に俺を入れてほしい」

「殿下……」

「未来を変えるためになんだってする。一度だけでいい、俺に機会を与えてくれ」

どうして否と言えるだろう。

僅かに声を震わせながら、必死に訴えるアリオスの心からの言葉に、セレティナはぎゅっと目を閉じると唇を噛みしめた。

「何度でも言うよ。他の誰かじゃない、俺は君が好きだ。今まで王子として生まれながら、自分のしたいことも見つけられずぼんやり生きてきたけれど、あの図書館で君と出会って俺の人生は確かに変わった」

図書館で話したことは本の話題が殆どだったけれど、その時間はセレティナにとっても確かに楽しい、永遠に続いて欲しいと思える大切な時間だった。

「くるくると表情が変わる君を見ているのが楽しくて、好きな話ができることが嬉しくて、次にいつ会えるのかと思う日々が待ち遠しくて、君が笑ってくれるたびに心が満たされた。その時間は嘘じゃない」

「……殿下」

「名前を呼んで欲しい。アロイスじゃない、今の俺の名前を。俺も、今の君を見ていくから」

「でも……」

「たとえ拒否されても君が肯いてくれるまで俺は何度でも同じことを言うし、努力を続ける。今すぐじゃなくてもいい、だけどもう一度、君に好きだと言ってもらえるように努力するから」

……本当に、どうしてこの人はこんなに自分を好きだと言うのだろう。

絶対に面倒な恋になると判りきっているし、何も好き好んでお互いにこれ以上辛い思いをする必要はないではないか。

「……私は、判らないの。……自分が、どうしたらいいのか」

「俺だって、同じだ。でも何か手段があるはずだと信じたい」

「諦めるのが一番だって思っているのよ」

「嫌だ」

「無理を言わないで」

「嫌だ」

「下手をしたら、あなたの立場が悪くなる」

「そんな建前はどうだっていい。君の本心はどうなんだ。本当に無理だと、迷惑だと思っている？諦めたい？」

「お願いだから、困らせないで」

「……嫌だ」

絞り出すように答えて、彼の両腕がセレティナを抱きしめた。

嫌だ嫌だと、まるで子どもが駄々《だだ》をこねているようだ。

呆れてもいいはずだし、突き放してもいいはず。

でも、これ以上セレティナにそれはできそうにない。

「それでも俺は、君がいい」

これは駄目だと思う、少なくとも今は。

できることを全てやって、それでも駄目だと本人が納得するまで引きそうにない。

溜息が出そうなくらいなのに、だけどどうしてだろう、すごく嬉しくて、彼の腕の中で泣いてしまいそうだ。

「……少し、考えさせて」

直後、彼の身体に僅かに緊張が走り、そしてセレティナを抱きしめる腕に力がこもる。

できることなら彼を抱き返したい。

けれど……今できることは、その腕にそっと手を添えることだけだった。


こんな状況で一体どうなるのだろうと不安に感じていたセレティナだったが、その後の屋敷での日々は意外にも穏やかに過ぎた。

アリオスは時間を見て通ってきたが、あのお茶会以降自分の感情を押し出すような真似はしなかったし、セレティナとも適切な距離感を保って接してくれる。

まるで自分がここに滞在している様子を確認して、安心しているかのように。

「どう考えても、普通とは言えない状況だと思うのよ」

溜息をつきながら、現状を語るセレティナにはマリアも同意のようだ。

「そうですね。確かに普通とは言い難いです。傍から見れば、やっぱり第二王子殿下が権力を笠に、意中の貴族令嬢を軟禁しているようなものですから」

「そうなのよ。これがもし世間に知られたら、殿下の評判に傷がつくわ。まだ私が傾国の美女だとか、伝説の聖女だとか、殿下がそんな行動に出てしまっても仕方ないって思われるような要素があれば少しは違うのでしょうけど」

あいにくとセレティナはただの侯爵令嬢で、しかも既に名誉に傷がついた娘だ。

「結局、身ごもってもいなかったし……」

もしかしたらと思っていたけれど、つい先日月の障りも訪れて、お腹の中に子どもは宿っていないことも判明した。

少しだけガッカリした。

子どもができていたら余計に物事がややこしくなっていたのは確かだが、内心領地で好きな人の子どもをひっそり育てて過ごす、なんて未来も悪くはないと思っていたから。

もっともその未来はアリオスにとっては望ましいものではないのも確かだろう。

「私はどうすればいいのかしら、マリア。殿下は私の人生に自分を入れてほしいと言うのよ。血筋を理由に切り捨てないでくれって。でも……私はどうしても、お父様とお母様を苦しめた男を許せない。

このままでは私は、殿下も両親も苦しめるだけの存在になってしまうわ」

セレティナとしては切実な悩みだ。

でもそのセレティナの呟きに、マリアは小さく吹き出すように笑った。

「なあに、なぜそこで笑うの」

人が真面目に悩んでいるのに、と少し拗ねた声を出すと。

「だって、ご両親を苦しめた男を許せない、と仰る同じ口で、殿下を苦しめてしまうことを心配されていらっしゃるから。お嬢様が王太子殿下に復讐を考えるなら、いっそアリオス殿下を徹底的に籠絡したあげくに、彼を玉座に押し上げて傀儡《かいらい》とする、なんて手段もできるでしょうに」

「ええっ？　随分物騒ね、それこそ何かの本に出てきそう。私が王子を操る悪《あ》しき魔女みたいじゃない。マリア、あなたそんなことよそで言っては駄目よ、反逆罪に問われてしまうわ」

「もちろん、ここだけの戯言《たわごと》ですよ。もしも、の架空の話です。でも、本当に復讐を考えるならそういうやり方もあるということです」

ここはアリオスに守られた箱庭のような場所で、外部の人間に会話を聞かれる心配はまずない。

だがもし外に漏れてしまったら、危険だと判断される可能性だって十分ある。

滅多なことは言わないのが正しいが……確かにマリアの言葉には一理あると思ってしまった。

「そうね。もしもの架空の話で、本当にそんなことをするつもりは微塵《みじん》もないけれど……しようと思えば、可能なのかも。でも、それでは私は彼の未来を潰してしまうことになるわ」

自分や家族だけでなく、アリオスにまで反逆の罪を着せて罪人として処刑されてしまう。

無残に拘束されて断頭台に上げられる彼の姿なんて、死んでも見たくない。

「殿下が大切なのですね」

「……それはもちろん、好きになった人だもの。大切よ。本当は今だって大好きだし、嫌いになんてなれない。だから悩んでいるの」

部屋の扉がノックされたのはその時だ。

ギクッと心臓を跳ね上げて振り返れば、マリアが開いた扉の向こうに、噂の人が立っていた。

屋敷といってもこじんまりした小さなものだから、部屋数もそう多くないし、来ようと思えばすぐに到着してしまう。

どこかぎこちない仕草で視線を泳がせているアリオスの様子を見ると、どうやら部屋の中の会話は彼に聞かれてしまっていたようだ。

「……天気が良いから、庭でお茶でも、って思ったんだけど……」

「…………盗み聞きなんて、感心できません、殿下」

セレティナも顔が赤くなる。

どんなに突っぱねて見せても、本心を知られてしまってはどうにも格好がつかない。

マリアを見ると特に驚いた様子もないので、彼女はアリオスが来ていることを知っていた……あるいは、気付いていたのかもしれない。

やられた、と思った時にはもう遅かった。

「お庭にテーブルとお茶をお持ちします。準備にお時間がかかるかもしれませんがご容赦ください」

にっこりと微笑んで、マリアが去って行く。

部屋に残されたセレティナは歯ぎしりしたい思いだったが、目の前にアリオスがエスコートするように手を差し出してくると、無視もできなかった。

「……もしかして、あなたはマリアと結託しているの？」

その手を取り、小さな庭へと導かれながら思わず恨みがましく問えば、とんでもないとアリオスは肩を竦めて見せた。

「彼女の最優先は君だよ。ただ……彼女も図書館でのやりとりを知っているから、俺の肩も持ちたくなってしまうのかもしれない。ありがたいことにね」

マリアがただの屋敷で仕える専属侍女だったなら、こんな出過ぎた真似は決してしないだろう。

けれど彼女は自分とアリオスが出会ってから今までの出来事をほぼ全て見守ってきている。

心配させているのだ、どうにか、上手くまとまる手段はないかと……そんな方法があるのなら、セレティナだってそうしたい。

「この庭にベリーの木があるのは知っている？　さっきちょっと見たら、熟し始めていた。ああ、ほら。美味しそうだろう」

アリオスに手を引かれて向かった先に、確かに小さなベリーの木がいくつか植わっていることは知っていた。

一緒に覗き込めば枝に成った三分の一ほどがほどよく色づいている。

「ほら」

一つ、枝からもぎ取って、口元に差し出された。

少しはしたないかとは思ったが、ここで自分を窘める者はいないだろうと促されるまま口を開き、彼の指先から直接銜《くわ》え取る。

「ちょっと酸っぱいけど、美味しいわ。こっちの方がもっと赤いんじゃない？」

口の中に広がる生の果汁を味わいながら、自らも手を伸ばして手頃なベリーを一つ摘み取ると、彼の口元に差し出す。

アリオスは少し目を丸くしたけれど……大人しく口を開いてセレティナの手から実を受け取った。

「うん。美味《うま》い」

なんとなく気恥ずかしい空気が流れていることには、気付かないふりをした方がよさそうだ。

「少し摘み取りましょうか。生で食べてもいいし、お茶の中に入れて潰して飲むと、甘酸っぱくて美味しいわ」

「ジャムやデザートにしてもいいね。このハンカチでいい？」

二人、なんとなしにアリオスが広げたハンカチに、摘み取ったベリーを乗せていく。

マリアはまだ来る様子がない。

「ねえ、ずっと不思議に思っていたのだけど、このお屋敷ってあなたのなの？」

「そう。こっそり買ったんだ。とはいっても名義はアロイスの名前でだけど」

「何のために？　まさか、その頃から私をここに……とか？」

最初から閉じ込めるために用意したのかと、少し胡乱な眼差しを向けると、慌ててアリオスは否定した。

「まさか。違うよ、買ったのは君にプロポーズする前のことだし。ただ……結婚したら王宮での生活を余儀なくされるだろう？　いずれ臣籍降下になるとしても、何年先になるか判らないし。……城での生活は息が詰まることもあるだろうから、二人で息抜きできる場所が欲しいって思ったんだよ」

「……そう」

なんとも言えない気持ちになった。

アリオスはそんなことまで考えていたのかと。

屋敷は予想に反した使われ方になってしまったが、暮らしに不自由なく調えられ、どこか居心地の良い雰囲気があるのは、彼が自分とここで過ごす夢を見ていたせいだったらしい。

「子どもができたら、そこの木にブランコを下げてさ。一緒にベリーを摘んだり、ひなたぼっこしたり。犬を飼ってもいいなって。絵に描いたような夢物語かもしれないけど、家族の団らんとか、そういうのができたら幸せだと思ったんだ」

ここをまるで箱庭のようだと感じたことがある。

案外それは、間違っていなかったのだろう。

この屋敷は、アリオスが思い描いた幸せの箱庭だったのだ、おそらくは。

「……ねえ、あなたの子ども時代はどんな生活だったの？　ご両親とは全く、何も交流がない？」

微笑ましいけれど、暖かな家族の団らんに憧れる彼の様子を見ると、ついそんな問いが出てしまった。

王子として育ったのだから何不自由ない生活だったのは間違いないだろうけれど、彼の話を聞くと、それほど幸せではなかったのかもしれない。

案の定、それは事実だったようだ。

「父はあの通りだし、母も俺を産んだ人、っていう認識くらいかな。俺と兄が、両親ではなく祖父の手元で育てられたって話は知っている？」

「聞いたことはあるわ。でも王太子殿下も王太子妃殿下も、我が子を陛下に取り上げられたものでしょう？　反発はなかったの？」

「父の方は全く。むしろそういうものだと思っている感じだったよ。母の方は自分で育てたいと少し抵抗したみたいだったけど、結局は祖父には逆らえない。祖父は祖父で、俺と兄は父のように育てない、って気持ちがあったらしい」

フリッツは現王、つまりアリオスから見て祖父にとっては唯一の息子だ。

正直、その息子がしでかした様々な不義理や仕打ちに対して、我関せずという印象が強く内心不信感を抱いていたけれど、案外そんなことはないのかもしれない。

「……陛下は、我が家に対する王太子殿下の仕打ちをどうお考えなの？」

「もちろんよくは思っていない。イクラム侯爵家は長年堅実に我が国を支えてきてくれた忠臣だ。長年の父の仕打ちには胸を痛めているよ。ただ……」

「ただ？」

「父は祖父の愛した王妃が産んだ子だ。息子の行いに問題があると判っていても、そう簡単に王太子の地位を剥奪《はくだつ》できないくらいには情があるし、父の母方、つまり祖母の実家が父を擁護していてね。その力が強く、いくら祖父が窘めても父は耳を貸さない。周りの貴族もご機嫌取りに終始して苦言を呈する者がいない現状だ」

王妃は既に亡くなっているが、王妃の実家が王太子の強力な後ろ盾になっている。

つまりその後ろ盾をいいことにやりたい放題していて、王も父親としての情と、その後ろ盾を気にして思い切ったことができない、という図式だろうか。

やっぱりフリッツは色々としでかしてくれたが、それでも決定的な行為……たとえばイクラム侯爵家を取り潰すとか、父を王宮官吏から外すとか、地方に飛ばすとかできなかったのは臣下の人事権や貴族の賞罰《しょうばつ》権は王が握っているから。

それを言うなら二十数年前の、母への婚約破棄も結婚の命令も王太子としての権利を逸脱した行為だったはずだが、さすがにそれ以上となると王も黙ってはいられなくなるだろう。

もっともこの先フリッツが王になれば、現王の抑えは効かなくなるのは疑いようがない。

「やっぱり、我が家のお先が真っ暗なのは間違いないわね……」

「そうはさせないよ」

思いのほか、力強い言葉にベリーへ伸ばしていた手を止めて、アリオスを見上げた。

気付けば彼の視線がセレティナをまっすぐに見つめている。

「これ以上、父の好きにはさせない」

「……陛下でも、表立って止めることはできないのに？」

皮肉と言うよりは、心配から出た言葉だ。

アリオスが何か無茶をするのではないかと。

「子の立場だから、できることもあると思う。今まで父の行いには目を背けてきたけど……王子としても最低限の責任と義務は果たさないと。人生の中で意地を張らなくてはならない時があるなら、それは今だと思う。それに……君との未来を、やっぱり諦められないから」

セレティナはこの時、なんと答えればいいのか判らなかった。

困ったように視線を彷徨わせ、誤魔化すように再びベリーへと手を伸ばそうとするけれど、その手を横からアリオスに取られて握りしめられると、振りほどくこともできない。

（……私は、中途半端だわ）

彼を素直に受け入れることもできないのに、徹底的に拒絶することもできない。

「いっそあなたがもっと父親に似ていて、憎らしい男だったら割り切れたのに……」

「でもしそうだったら、君は俺を愛してくれた？」

「……いいえ。今のあなただから、愛したのよ」

自分で発した言葉にハッとする。

そうだ、彼が何者であろうと誰の子であろうと、セレティナは彼だから好きになった。

迷う心は拭い去れないけれど、王子であろうとなかろうと、アロイスだろうとアリオスだろうと、今日の前にいる青年が好きなのだ。

シンプルに考えてみる。

彼と別れたい？

それとも一緒にいたい？

離れたい？

それとも愛し合いたい？

答えは最初から決まっている。

「……あなたは、私との未来を本当に望んでくれるの？」

「望むよ。君は、望んではくれない？」

「…………望みたいわ。本当は……ずっと、あなたと一緒にいたい……」

答える声は少し震えていたかもしれない。

今まで彼の気持ちに応えることは、親を裏切ることになるのではないかと感じていた。

でも、自分の気持ちに嘘をつくことができないのなら、現実を受け入れた上で新たな道を探っていけるかもしれない。

セレティナ一人では無理でも、アリオスも共に手を取り合う未来を模索してくれるなら。

「でも、本当に私でいいの？　他にもっと相応しい相手がいるはずよ」

じっ、と上目遣いに見つめれば、彼は笑った。

「そうかもしれない。でも俺は君がいい」

ドキッとした。

男性に、花が綻《ほころ》ぶ、という表現は相応しくないかもしれないけれど、でもその表現がよく似合う、屈託のない、優しさに満ちた笑顔で。

「俺にとっては、この世で一番愛しい女性だ」

セレティナの顔が真っ赤に染まるのを止められない。

見る目がないいんじゃないかと正直、本気で思う。

でも、好きだと思う……彼のこの笑顔が、声が、自分に注いでくれるその心が。

彼の手が頬に触れるのを、黙って受け入れた。

近づく気配にぎこちなく目を閉じれば、僅かに躊躇うような間の後に、そっと唇が重なった。

ああ、やっぱり好きだ。

すごく、好き。

泣きたくなるくらい……いや、もう既に視界が滲んでしまうくらいに。
二人の手から、摘んだばかりのベリーが転がり落ちる。
背後ではお茶の支度に訪れたマリアが、茶器をテーブルに置いてそっと席を外した。
お湯を沸かし直すために。

第四章　未来への殴り込み

今夜も王宮で、華やかかつ豪華絢爛《ごうかけんらん》な舞踏会が開かれている。

しかし見栄えがするのは見た目だけ。

そこでどれほどの血税が浪費され、人々の心が失われているかを主催側である王太子は気にとめることはない。

その舞踏会会場の中心で、今夜も胸の悪くなる見世物が繰り広げられていた。

「どうだ、ロジャーズ、そしてイザベラ。お前達の自慢の娘は、もう見つかったのか？」

王太子、フリッツから投げかけられる言葉に沈痛な表情で項垂《うなだ》れる夫婦は誰の目にも明らかなほど憔悴《しょうすい》していた。

無理もない。

彼らの娘であるイクラム侯爵令嬢セレティナが行方を消してからもう二ヶ月近くが経つ。

夫婦は方々に人手をやり娘の行方を捜しているが、未だその消息を掴めていないことは、この場にいる者全てが承知していた。

「……いいえ、まだ見つかっておりません」

特に母のイザベラはいつ倒れてもおかしくないほど、青ざめた顔色をしている。

にも関わらず夜会に夫婦で参加するとは非常識だ、と本来ならば責められるだろうが……そんな雰囲気にはならず、夫婦に同情的な視線が集まる理由は、その彼らを強引にこうして夜会に引っ張り出しているのがフリッツであるということもまた、知られた事実だから。

「侯爵令嬢が姿を消したのは、王宮からの帰り道だと聞く……言うなれば、主催者の殿下にも責任があることなのに……娘を案じる親を相手に、なんと無慈悲な行いか」

大きな声では言えないが、そんな声が陰で囁かれているのだ。

この二ヶ月、フリッツは大なり小なりの催し事で必ず夫婦の出席を命じては彼らを人前に引っ張り出し、そのたびに娘の失踪を当てこする。

うち一度は、夫人が心痛のために倒れてしまい、別室へ運び込まれるような出来事があったにも拘わらず、だ。

確かにイクラム侯爵家の社交界での評判は良いとは言えないが……親子仲のよさを知っている者達、特に自身も娘を持つ親達はいつものように彼らを笑いものにすることができない。

しかしフリッツはお構いなしだ。

「まったく素行の悪い娘を持つと親は苦労するな。いや、その逆か？　素行の悪い親を持ったからこそ、娘もそれに倣《なら》ったのか。いずれにせよ、侯爵という身分には相応しくない行いの数々だな」

「……」

沈黙で答えるロジャーズの拳に力が入るさまをアリオスは確かに目撃していた。

一体、この場において醜悪なのは誰だろう。

その身分に相応しくない行いをしているのは、どちらの方なのか。

あの男の血が、この身に流れていると思うだけで身震いするほどの嫌悪に襲われるようになって、しばらく経つ。

「いい加減、娘のことは諦めろ、ロジャーズ、イザベラ。幸か不幸かお前達には息子もいる。子は一人いれば十分だろう？　どうせ無理に連れ戻しても、もはやどこに嫁げる身でもあるまい」

いつもならここでも夫婦は堪えて、堪えきって、屈辱をかみ殺しながら逃げるように辞するのが常だった。

しかし今夜はいつもと違うことが起こる。

「……私は！」

堪えかねたのか、イザベラがいつになく厳しい表情で王太子を見上げ、声を上げたために。

「私は、娘を信じております。あの子は殿下の仰るような、素行の悪い娘ではございません。私どものことはどのように仰られても構いませんが、娘まで侮辱なさるのはお止めください！」

思えば、この二十数年彼女が人前で王太子に反論したのは婚約破棄されて以来かもしれない。

つまりそれほど腹に据えかねたということだろう、母親として当然の反応だ。

「あの子は優しい、家族想いの私たちの自慢の娘です。年頃の、今がもっとも花盛りの娘が誰に見向きもされず、陰口を叩《たた》かれようと、私たちを一度だって責めることはしなかった。そんな娘を、殿下が侮辱なさる権利などございません‼」

「イザベラ……！」

ほんの一瞬ロジャーズは妻を窘めようとしたようだった。

だが、すぐにまっすぐにフリッツを見つめると口を開く。

腹に据えかねているのは、彼も同じなのだと言わんばかりに。

「……恐れながら殿下、私も妻と同意見です。殿下が私たち夫婦をよく思っておられないことは承知しています。ですが……娘は殿下に何をしましたか。それほどの侮辱を受けるどのような過ちを犯したのでしょうか。親として、はっきりと伺いたく、お尋ね申し上げます」

「貴様ら、誰に向かってそんな言葉を……！」

この場にいる誰もが、とうとうイクラム侯爵夫妻が厳しい罰則を受ける。

そう予想してざわつき、目を背ける者が続出する。

このままでは反逆の罪を着せられて投獄されても不思議ではないと、控えていた近衛兵《このえへい》が動き出す寸前に彼らと王太子との間に割り込んだのはアリオスだ。

突然夫妻と自身との間に立ちはだかった息子の姿に、フリッツが忌ま忌ましげに目を剥いた。

「突然何の真似だ、お前を呼んでなどおらん！　とっとと下がれ！」

「なりません、父上。どうぞ冷静になって、周りをお確かめください」

「何を言うか！　黙れ！」

「黙るべきはあなたです、父上！」

一歩も引かぬアリオスの声に、一瞬フリッツが気圧されたように顎を引く。

そして、ハッと口を閉ざした。

息子の言葉に促されて投げるように視線を向けた先で、その場にいる貴族達の多くが怯え、恐れ、そして明らかな非難を隠しきれない表情で自分を見ていることに気付いたからだ。

さらには、この時新たに会場に姿を見せた者がいる。

フリッツの父である、王その人だ。

ここのところ高齢であることと体調が思わしくないことを理由に夜会には滅多に姿を見せなくなっていた王が、今、孫である第一王子のオシリスに伴われて会場に現れたのだ。

「……これは一体何の騒ぎだ。説明せよ、フリッツ」

「……い、いえ、これは……」

「私の目には、お前がイクラム侯爵夫妻を不当に責めているように見える。違うのか」

「わ、私はただ、この者達の無礼な振る舞いを諫めていただけでございます」

王は静かな瞳でイクラム侯爵夫妻と息子、孫、そして周囲の人々を見つめる。

そして……静かに吐息を吐き出すと告げた。

「……娘御の話は私も聞いている。……王宮からの帰り道の出来事だと聞き、責任を感じている。王太子にも誠意を持って行方を捜すようにと命じていたはずだが、二ヶ月経っても一つの成果も出せず、このような場で夫婦を責め、令嬢を侮辱する発言を繰り返すようでは、その結果に期待することはできそうにないな」

ばつが悪そうにフリッツは目を伏せた。

当たり前だ、行方など捜していない。

結果を出すつもりなどないのだ。

そんな息子の様子に王は明らかな失望の溜息を吐き、次に下の孫へと目を向ける。

「アリオス」

「はい、陛下」

「イクラム侯爵令嬢の捜索についての全権を、フリッツからお前に移す。侯爵夫妻とよくよく話し、対処に当たれ。また侯爵夫妻においては、心痛も大きかろう。しばらくは娘御のこと、また心身の健康を取り戻すことを優先せよ」

つまりそれは、今後は王太子の命令に従い、無理にこのような場で見世物になる必要はない、ということだ。

「……陛下のご温情に感謝申し上げます」

たったそれだけのことでも、どれほど心の救いになるだろうかと、周囲から安堵する空気が流れた。

だが納得できないのはフリッツの方だ。

「お待ちください、父上、私は」

しかし王はそれきり口を閉ざすと背を向け、たった今入ってきたばかりの会場から出て行ってしまった。

残されたフリッツは、居心地の悪い雰囲気の中、改めて周囲を見回すが誰も目を合わせる者はない。

「……気分が悪い、私はもう下がる！」

吐き捨てるように言い残し、その場から逃げるように立ち去る王太子の背後で、アリオスはイクラム侯爵夫妻へと静かに声を掛けた。

「どうぞ、このままお帰りください。後日改めて、ご令嬢の件で侯爵家へ伺います」

一瞬、アリオスとロジャーズ、そしてイザベラの視線が結ばれる。

二人は静かに頭を下げると王子に向かってお辞儀をし、会場から立ち去っていった。

未だ人々がざわつく中、宮廷楽団に向けて音楽を流す合図を出したのはオシリスだ。

ぎこちなくも、再び舞踏会の時間が戻ってくる。

おそらく今夜はその時間は長く続かないだろうが、致し方あるまい。

アリオスが兄と目配せしたのちに会場から出たのはこの後だ。

「少し付き合え、お前好みのワインがある」

促されてオシリスの私室へと招かれたアリオスは、グラスに注がれる血のように赤いワインを見つめながら、ポツリと呟いた。

「……なぜ」

「うん？」

「なぜ、父上はあれほどイクラム侯爵夫妻……とりわけ、イザベラ夫人を憎悪なさるのでしょうか。かつてはご自身の婚約者であったはずなのに」

いくら心が離れたとはいえ、一度は結婚を意識した女性を相手にあれほどに非情になれるのだろうか。

まして婚約破棄の原因を作ったのはフリッツの方だ。

当時はイザベラが至らないせいだと責められたのは彼女の方だったが、そもそも婚約者がいる身でありながら……この場合はアリオスとオシリスの実母になるのだが、他の女性に目を向けた方が悪いとしか言いようがない。

いわばイザベラは被害者であるはずなのに、なぜ。

「さあな。判る人間がいるとしたら、父上本人か……あるいは、イザベラ夫人だけだろう。だが、そこに父上の感情が大いに含まれていることは間違いない」

もしかしたらイザベラ側も王太子の仕打ちに長年耐え続ける、後ろめたい理由があったのかもしれない。

だが今後はどうだろうか。

先ほどの様子から見ても、温厚なイクラム侯爵家も、とうに我慢の限界を超えている。

「直接聞いてみたらどうだ。先ほどの陛下のお言葉で、お前がイクラム侯爵家と表立って接触しても誰も疑う要素はなくなった。人目を憚《はばか》らずとも聞きに行くことはできるだろう？」

「あれは兄上のご采配ですか？」

「いいや。陛下ご自身の判断だ。少しばかり、ここ最近の父上の動向をお耳には入れたがな」

正直助かった、と思う。

この二ヶ月近く、アリオスなりに行動していたが、信頼でき、使える人間には限りがあり、いずれ隠し事も隠しきれなくなるのではないかという危機感を抱いていた。

だが王のあの言葉で、随分と行動が楽になる。

「そうですか。いずれにしても助かりました。ありがとうございます。ですがもう一つお尋ねしてもいいですか？」

「なんだ」

「なぜ、私を助けるような真似を？　私はお世辞にもあなたにとって都合のよい従順な弟ではなかった。最低限の王子としての務めを果たせばいいのだろうと、あなたと距離を置き、父上の行いにも見て見ぬふりをしてきました。正直兄上が、私にもどかしい思いを抱いたのも、一度や二度ではないでしょう？　なのになぜ」

オシリスは忠告してくれただけでなく、この二ヶ月、城を不在にすることが多いアリオスの行動の隠蔽《いんぺい》をしたり、誤魔化したりする協力もしてくれた。

先ほどのように、王を動かすことはオシリスだからできたことで……正直、自分が同じことをしようとしても、祖父が動いてくれたかどうかは怪しい。

「たった一人の弟のためだ、当然だろう？　……なんて言葉じゃ信用しないか」

「そうですね。私たちはそういう兄弟ではありませんでしたから」

「そうだな。だが私は、お前があえて私の対抗馬にならないように自ら身を引いたことも、母に無関心な私の代わりにあれこれと気を配ってくれていることも知っている。私が父に睨まれることがないように、さりげなく緩衝材《かんしょうざい》になってくれていたこともな」

「それは……」

「気付いていないと思っていたか？　お前は人の見えないところでさりげなく根回しをしてくれている。地味で忍耐力が必要な割に、他者には能力を認められにくい仕事だ。だが、誰かがやらなくてはならない大切なことでもある。お前の仕事に私は評価と感謝をしているよ」

「……買いかぶりです」

「それにイクラム侯爵家への父上の長年の態度は私も目に余ると思っていた。そのお前が初めて執着を見せた相手だ、少しくらい助けてやろうと思うさ」

先ほど兄が挙げたことは、その一つ一つが兄のためにしたこととは言い難い。

自分が巻き込まれるのが嫌で、罪悪感を覚えるのが嫌で、騒動を目にするのが嫌だったからこそ行った……全ては自分のためで、そんな評価をされると消え入りたくなるくらい恥ずかしい。

「……兄上も、お人が悪い」

判っていて言っているオシリスを軽く睨んだ。

それに対して返るのは、にっこりと意味深な含みを持たせた笑みだ。

「私も信頼できる味方が一人でも多くほしいんだよ。せっかく能があるのに爪を隠したままの鷹《たか》が手に入る機会が巡ってきたんだ。この際恩を売っておいても悪くないだろう」

「……」

「それに父上はすっかりお忘れのようだが、イクラム侯爵家の令嬢はこの国でももっとも高貴な血を引く高位令嬢の一人だ。彼女の後ろには祖父であるライアット公爵がいる」

これまで黙ってフリッツの所業に耐えていたのは何もイクラム侯爵夫妻だけではない。

イザベラの父であるライアット公爵も同様であり……そしてオシリスはそのライアット公爵の沈黙が何より恐ろしいと言う。

確かにその通りだ。

娘との結婚を反故《ほご》にされて、その上孫娘にまで害を加えられて、あの公爵がいつまで黙っているだろうか。

今でこそバレス公爵の力が強いが、ライアット公爵の勢力も決して侮《あなど》れるほど衰えているわけではないのだ。

ライアット公爵がその気になれば、下手をすれば国家が転覆する可能性もある。

「そういう意味でも、私個人としてはイクラム侯爵家とライアット公爵家との関係改善として、令嬢とお前の縁談は良い手段だと思っている。お前達が互いに想い合って結ばれるならなおのこと、運命的な恋物語に人々の印象も変わるだろうし、ライアット公爵の足に楔《くさび》を打つ効果は十分に期待できる」

つまり兄にとっても利があって動いているということだ。

もっとも、それだけではなく……先ほど口にしたような、アリオスを味方にしたいという言葉も本心だろうけれど。

「……私としては、兄上のご提案は渡りに船です。ですが父上は彼女にとってよい舅《しゅうと》にはならないでしょう。妻との平穏な生活のため、私は多少強引な手段もやむなしと考えておりますが……兄上にもご協力いただけるのでしょうか」

自分が愛する女性との望む未来を手に入れるためには、あの父は不要だと断じることができるくらいに、アリオスの父への情は枯渇している。

対して兄はどうだろう。

自分は所詮第二王子。

できることに限界があることは誰よりも自分自身で承知している。

じっと緊張しながら答えを待つアリオスに、兄は笑った、やはり意味深に含みのある、けれどどこか満足そうな表情で。

「正直、お前が父上に逆らってまで令嬢を望むかどうかが判らなかった。あの場で、娘のために沈黙を破り声を上げたイクラム侯爵夫妻に背を向けるようなら令嬢は私の妃にと思っていたが、それはそれで一波乱あっただろう。望ましい結果になったと思っている。あの侯爵家はお前のいい首輪になってくれそうだ」

首輪と来たか。

これでは鷹ではなく犬のようだ。

「いずれにせよ私も父上にはそろそろご退場願おうと思っていたところだ。多少強引な手段でも、膿《うみ》を絞り出すにはいい機会だろう。もっとも、お前の姿勢次第でもあるがな」

駆け引きなく、互いが困った時には手を差し伸べ助け合う。

セレティナの思い描く家族とは、そんな関係だろう。

だがそれが全てではない、少なくともアリオスにとっては現在の家族とはそんな関係ではない。

今も、求められているのは家族の愛情ではなく、契約だ。

だが、それでいい。

静かに兄の足下に跪くと頭を下げた。

「私は二度と彼女を傷つけないと自分に誓いました。兄上が私の大切なものを傷つけずにいてくださる限り、そしてこの誓いに背く命でない限り。あなたに忠誠を誓います」

「……なによ、その生ぬるい眼差しは」

「いいえ、何も。人間自分の心に正直なのが一番ですから、いいことだと思いますよ」

ばつの悪そうな、なんとも居心地の悪そうな表情をしながらもセレティナが見つめる先には、彼女の寝台に身を横たえているアリオスの姿がある。

夜も更け、入浴を終えてもう休もうかと寝間着姿に着替えた時、屋敷へ現れたアリオスはセレティナに抱きつくなり、ふらふらと崩れ落ちてしまったのだ。

見るからに疲労の濃い彼を冷たくあしらうなんてできるわけがない。

「殿下のお部屋は調えておりますが、いかがしましょう。騎士のどなたかに頼んで運んでいただきますか？」

「いいえ、このままでいいわ。動けるようになったら、ご自分で移動してもらうから。マリア、今夜はもうあなたも休みなさい。私たちは大丈夫だから」

「承知しました。ではお休みなさいませ」

本来、若い男女を寝室に置いて侍女が下がるなんてあり得ない話だけれど、もういまさらだ。

マリアが退出するのを見送ったのち、再びアリオスへと視線を落とすと、横たわった姿勢のままの彼と視線が合った。

その顔を覗き込む。

「大丈夫ですか？　随分顔色が悪いような……」

「顔色に気付いてくれるほど、気にしてくれて嬉しいよ」

心なしか青ざめて見える顔色が心配になって尋ねれば、そんなからかうような答えが返ってきたが、心配しているのにと怒る気になれなかったのは、やっぱり明らかな疲労が見えたからだ。

このところずっと屋敷の敷地内に殆ど軟禁状態のセレティナは、外の様子も、普段アリオスが何をしているのかも知る術《すべ》がない。

でもきっと、彼が自分とのことであれこれと手を打っているのだろうことは想像がつく。

そのために本来ならする必要のない苦労をしていることも、だ。

「目の前に、露骨《ろこつ》に疲れた顔をした人がいたら心配くらいするでしょう？」

「そこは、あなただから心配だって言って欲しいな」

つい照れ隠しに可愛げのない言い方をしてしまったセレティナとアリオスはそう言って笑った。

そんな彼の眼差しはどこまでも甘く優しい。

同じ未来を望みたいと告げたくせに、なかなか素直になれないセレティナを責めることはなく、なんとか状況を改善しようと頑張ってくれているのだと思う。

そのせいか、屋敷へ訪れる頻度も少なく、時間も短くなっていて、こうして彼の姿を見たのも一週間ぶりのことだ。

もっと他に面倒じゃない相手がたくさんいるだろうに……でもそれを言うのは、もう止めると決めた。

「今日はもうこのまま休む？　お部屋の用意はできているみたいだけど」

「うん。城へは明日の朝に戻ればいい。……でも、できれば今夜は一緒にいることを許してくれると嬉しい」

「未婚の令嬢に言う台詞ではありません」

「もう夫婦同然のことはしたじゃないか。既婚みたいなものだと思うけど」

「な」

あの夜のことを示唆されて、顔が真っ赤に染まる。

そんなセレティナの反応に、アリオスは笑った。

でもその笑顔は疲れているせいか、元気がない。

「どうしたの、なんだか随分元気がない」

「……判る？」

「判るわよ。疲れているみたいだし、身体は大事にして。倒れてしまったら元も子もないでしょう？」

あれこれと世話を焼くようなことを言うセレティナに彼は口元を綻ばせる。

切なげな笑みに、いよいよどうしたのかと心配になって手を伸ばすと、彼の頬を撫でた。

そのセレティナの手の平にすり寄り、口づけながら、彼はポツリと呟く。

「……そばにいてほしい」

そんな声を出されると放っておけない。

やれやれと小さく溜息をつくと、毛布を持ち上げ、彼の肩まで引き上げてやった後で、寝台の彼の隣に潜り込んだ。

元気のない彼の様子を気に掛けながら、セレティナは僅かに躊躇った後、その口を開く。

「ねえ。あなたにお願いがあるのだけど」

「うん？」

「私がここに来て二ヶ月近くになるでしょう。……そろそろ、家に帰っては駄目？　そうでなくても連絡くらいは取りたいわ」

アリオスが沈黙する。

気を悪くさせることは覚悟していたが、やっぱり彼にとっては楽しい話ではないらしい。

しかしセレティナだって言い分がある。

「私も色々考えたけど……ずっとこのまま、というわけにはいかないでしょう？　家族のことも心配だし、今がどんな状況なのかも判らないのよ」

二ヶ月前にも同じ要求をして断られたが、今はあの時とは帰りたい理由が違う。

「あなたが色々と頑張ってくれているんだろうなとは思うけれど、だからって私が何も知らないままなのもよくないと思う。それともあなたはやっぱり私をここに閉じ込めたい？　それこそ、あなたを見送って受け入れるだけの愛人みたいに」

「……」

「あなたは私との望む未来を得る努力をすると約束してくれたわ。でもその努力ってどちらか片方だけがするものではないと思うの。物語の中でも最後まで流されてなんとなく幸せになるヒロインと、主人公と一緒に努力して幸せになるヒロイン、どちらが魅力的に思える？」

「……それはもちろん、後者だね」

「でしょう？　なら私を閉じ込めないで、必要な外の情報を教えて。そもそも私はまだ、王太子殿下が私を襲って排除しようとした、なんて言い分を心から信じられているわけじゃないのよ」

二人の間に沈黙が落ちた。

少しばかりピリッと張り詰めた空気に感じたが、仕方がないと思う。

この程度を乗り越えることができなければ、セレティナは生涯ずっと彼にもの申すことができなくなるだろう。

王子に守られ、可愛がられるだけの愛人のような生活なんてまっぴらごめんだ。

「私にできることは、何もないの？」

この一言がダメ押しになったのか否か。

アリオスは笑った、少し困ったように、小さく吹き出すように。

「そうだね。確かに君は、そういう女の子だ。君に負担を掛けずに上手くことを収められればいいと思っていたけれど、どうやら俺の独りよがりだったらしい。正直なところ、君に協力して欲しいことは確かにあるんだ」

「なに？　なにができるの？」

食い気味に訪ねるセレティナの手を取って、アリオスは寝台の上で上体を起こした。

同じくセレティナも身を起こすと、互いに向き合う。

「君にはご両親と、そしてライアット公爵を説得してほしい。次の王は父上ではなく、兄が相応しいと、味方になってほしいんだ」

「えっ……」

「父は、王の器ではない。今夜の出来事を目にして、そう感じた貴族も多いだろうし……俺も、強くそう思った。動くなら、今夜の記憶が新しいうちに動きたい」

「今夜って……何があったの？　もしかしたら、あなたの元気がない理由ってそれ？」

問うセレティナにアリオスは答えた。

実は今夜、王宮で再び舞踏会が開かれたこと。

フリッツはその舞踏会の場に欠席を許さず、イクラム侯爵夫妻を呼びつけ、衆人環視の前で行方の知れない娘……つまりセレティナのことを持ち出して侮辱したこと。

その言葉に堪えかねて、これまで必死に堪えていた夫妻も、とうとう口答えをしてしまったことを。

「……なんてこと。ひどい男だと思っていたけど、そこまで腐っていたなんて」

愕然《がくぜん》とした。

「本当に……これが自分の父親かと思うと、情けなくて、恥ずかしくて……消え入りたくなるくらいだった……」

「アリオス……」

これまでセレティナは、先ほども本人に告げた通り、アリオスの話に納得できていたわけではない。

だが、アリオスにとってフリッツは父親だ、庇うならまだしもその所業をつまびらかにして彼の利益になることは何もない……はずだ。

けれど今彼は、心から父の行いを恥じ、情けないと項垂れている。

こんな様子の人をこれ以上疑うなんてできそうにない……アリオスの言うことは、全て事実だったのだろう。

「もちろん、俺の言葉が事実かどうか、君が納得するまで裏を取ってもらってかまわない」

「……そうね、それは必要だわ。でも……あなたの言葉を、信じるわ。……今まで疑ってごめんなさい」

「君が言うことはもっともだ。俺の方こそ、ごめん」

愚かな言動を繰り返す父親の姿に、アリオスはどれほど辛く傷ついただろう。

それに両親がどんな思いでいたのかと思うと、胸が潰れそうになる。

どんなに悔しかっただろう、腹立たしかっただろう。

今まで領民や一族の立場を思ってどんな扱いをされてもひたすらに堪えていた二人が、とうとう口答えしたというからにはよっぽどだ。

「判ったわ、両親とお爺様《じいさま》は私から説得します。私はこのお屋敷から出してもらえるの？」

「元々、君をここに留め置くのは父の追跡が途切れるまでのつもりだった。君の捜索の権限が父から俺に委譲《いじょう》された今は、外に出ても問題ないと思う。ただ、イクラム侯爵家への出入りはまだ止めた方がいい」

もはやセレティナの行方などフリッツはどうでもいいのだろうが、イクラム侯爵家の動きには警戒をしているはずだ。

監視を置いている可能性は十分にあり得た。

「じゃあ、お父様とお母様には私から手紙を書くわ。王子様にお願いするのは気が引けるけど、配達を任されてくれる？」

「もちろん、喜んで」

「でもライアット公爵家……お爺様へは、私が直接出向いて話をしなくては駄目だと思う。お母様の一件以来、お爺様は王家を信じてはいないから、あなたを門前払いにはしないまでも、耳を貸してくれるとは思えない」

「判っている、そちらも監視がついているだろうけれど、どうにかして君を公爵の元へ連れて行くよ。でも、公爵は君の話も聞いてくれるかどうか怪しいと俺は思っているけど、勝算はあるのかな」

アリオスの懸念にセレティナは苦笑した。

確かに祖父のライアット公爵は、娘のイザベラが婚約破棄された際には激しい抗議を行ったそうだが、その後イクラム侯爵と望まぬ結婚を結んだ際も、長年娘夫婦が虐げられていても、表立って手を差し伸べたことはない。

社交界では公爵も、王太子に捨てられた娘に見切りをつけたのだとすら言われている。

もちろん人前でセレティナが公爵に孫娘として扱われたことも、ない。

けれど、それが事実の全てかというと違う。

「噂はあくまで噂よ。お爺様とお母様達が不仲である方が、世間は面白がるでしょうし、王太子殿下にも都合が良いでしょう？　その通りに振る舞って差し上げているだけ。実際はどうであれ、ね」

つまり、事実はその逆である。

祖父は最初こそイザベラとロジャーズの結婚を快く思ってはいなかったけれど、フリッツに傷つけられたイザベラを受け入れ、彼女の心を解きほぐしてくれた父の努力には敬意を払い感謝をしているし、セレティナや弟のことも目に入れても痛くないほどに可愛がってくれている。

「元々、あの王太子が王位に就けば、我が家は潰される。うちだけでなく、ライアット公爵家だって無傷では済まないことくらい、判りきっていたもの。お爺様としてもこれ以上バレス家をのさばらせたくもないでしょうし、きっと私の話を聞いてくださるわ」

バレス家とはこの国に三つ存在する公爵家の一つで、今は亡き王妃……つまり、フリッツの母であり、アリオスの祖母の実家でもある。

ライアット公爵家イザベラとの結婚は、前王妃を輩出したバレス家の力が大きくなりすぎないようにと、抑える意味合いもあったのだ。

「でもその前に一つだけ確認させて」

「なんなりと」

「オシリス殿下は、お父上を退《しりぞ》けてまで玉座に就く意志があるの？　いくら周りの人間が押し上げようとしても、当人にその意思がないのであれば意味がない。また陛下はその交代劇をお認めになる？　正直、私は陛下もオシリス殿下も信じられない」

王太子を止められる立場にいながら、今までイクラム侯爵家がいくら苦しい立場に立たされようと知らぬふりをしていた人たちだ。

内心では心を痛めていた、なんて言われても口ではどうとでも言える。

「そしてオシリス殿下は私たちイクラム侯爵家を、大切にしてくださる？　特別なひいきは必要ない……でも安心して暮らせる日々を約束して欲しい」

アリオスは肯いた。

そしてその上で、覚悟を告げた。

「俺は兄を信じようと思う。祖父も、最後にはきっと正しい判断をしてくれると思っている。けれど、その信頼を二人が裏切るのなら」

まっすぐにセレティナの瞳を見つめる彼の瞳に、嘘偽りは感じられない。

「祖父も、父も、兄も、全てを退けて俺が玉座に着こう。ライアット公爵の孫娘であり、イクラム侯爵令嬢である君を王妃として」

「……馬鹿ね、私は王妃なんて望んでいないわよ」

「それくらいの覚悟で挑《いど》むってことだよ」

苦笑するセレティナに、アリオスはおどけたように肩を竦めて笑った。

きっと、先ほどのシーンは主人公が悪玉を倒すことを決意する、物語の中でも佳境に当たる部分なのだろう、おそらく冒険譚の中では。

でも自分たちの人生はまだまだ続くのだから、ここで簡単に佳境を迎えられては困る。

「お二人のことはともかく、あなたのことを信じるわ、アリオス」

これで裏切られたら、もう仕方ないと思う。

自分の見る目がなかっただけだ。

「俺を、君の夫に認めてくれる？」

「全部片付いて、思う結果になったら改めて求婚して。ちゃんと王子様らしく、物語のヒーローらしくお願いね？」

「注文が大きすぎて、君の期待に添えるか心配になる」

「特別な演出なんて必要ないのよ。あなたの愛の言葉が本当だと信じさせてくれればいいだけ」

「それが一番難しい気がする。君は物語が大好きで夢見がちなご令嬢かと思えば、妙に現実的なところもあるから。だけど愛を訴えることはいくらでもできるよ」

彼の手が、再びセレティナの手を取った。

そしてその指先に口づけてくる。

「愛しているよ。君がティナであっても、セレティナであっても変わらない。図書館で会ったあの時から、俺の恋は今もずっと続いている」

「ふふ、いい調子よ、王子様。感動して泣いてしまいそうだわ」

冗談っぽく答えながら、案外本気でセレティナの瞳は涙ぐんでいる。

掴まれた手を、彼に引き寄せられた。

寝台の上、並んで腰を下ろしながら上体を彼の方へと傾《かし》がされ、セレティナの顔に影が落ちた。

塞がれた唇の温もりを大人しく受け入れれば、大きな片手が手から脇腹へと移動して、腰へ滑り落ちる感覚にピクリと身体が揺れる。

薄い寝間着の生地では、相手の手の感触も温もりも遮るのは難しい。

「……これはちょっと、フライングじゃない？」

「……ごめん。でも、君が欲しくて我慢できない」

率直なその言葉に顔が熱くなる。

何か言いかけたセレティナの言葉を塞ぐように再び唇が重なり、そのまま押し倒されると彼女に抵抗する術はなかった。

本当はもっと、抵抗しないと駄目だと判っているのに……

「……今度こそ、赤ちゃんができたらどうするの？」

「もちろん一緒に育てよう。イクラム侯爵夫妻にも、ライアット公爵にも土下座でも何でもする」

「ちゃんと片付いてから、結ばれる方が絶対によくない？」

「確かに正論だけど……その割には君の顔も肌も真っ赤だし、まんざらでもない顔をしている。ちゃんと責任は取るから……一緒に少し悪いことをしよう」

「……ずるい……あっ……」

彼の手が胸の膨らみに触れた。

「あの夜からずっと、もう一度こうして触りたくて堪らないのを、我慢していた」

質量を確かめるようにそっと撫でさすり、すぐに生地を押し上げる尖りを指先で引っかかれると、意思にかかわらず甘い声が出てしまう。

そっと顔を背けると、片手で口元を押さえた。

その間もアリオスのもう片方の手は彼女の黒髪をかきあげて、露わになった首筋に口づけながら、同じ手でもう片方の乳房も包み、そしてやわやわと揉みしだく。

「あ……ああ……」

「君の胸、相変わらず柔らかい。華奢な身体の割に、結構ある方だよね。なのに、ここは小さくて可愛い」

「んっ」

きゅっと両の胸の頂きを生地の上からつままれて、声が詰まった。

ドキドキと脈打つ心臓が今にも口から飛び出してしまいそうで息苦しいのに、くにくにと微妙な力加減でそこを指でしごかれると、どうしても息を止めてしまう。

「ここ、尖って硬くなってきた。……気持ちいい？」

「……い、いちいち、言わないでいいからっ……！」

「直に触って、舐めたい。いい？」

「言わないでいいってば……！」

どうもアリオスは、情事となると少し言葉で虐《いじ》める癖があるらしい。

あるいは強情なセレティナをからかうことが楽しいのか……どちらにせよ、心臓に悪いことこの上ないのに、そのたびに胸の奥が疼いて抗《あらが》えなくなる。

「こっち見て……口を隠さないで。キスしたい」

口元を押さえていた手を解かれて、捕らわれた顎を正面に向けられた。

すかさず重なってくる唇の合間から、差し入れられた舌が遠慮なくセレティナの口内を犯す。

彼と口づけを交わした機会は決して多くないはずなのに、セレティナの身体は既にそうするもの、と覚え込んでいるのか夢中で彼の舌を己の口の中に導きながら吸い、歯を立てた。

その頭を、両腕で掻き抱くようにしながら。

ちゅ、ちゅっと互いの口内から、淫らな水音が響き、室内の空気を震わせ始める。

強く吸い返されるたび、じんっと舌が痺れるようにわなないて、まともな思考を奪い取っていくようだった。

「ああ……やっぱり綺麗だ。君の全部に触れて味わいたい……俺が触っていない場所が、ないくらいに」

いつの間にかアリオスの手は、セレティナの寝間着のリボンを解き、緩めている。

大きく開いた襟ぐりから肩を抜かれ、するすると足下へ押し下げられていくと、露わになるのは淡く色づいた白く滑らかな肌だ。

セレティナの裸体は、一晩彼に抱かれた経験があるとは思えないくらい、未だ乙女のように初々しい。

「……もう全部、触っているでしょ」

「何度触れたって飽きないよ。ねえ、初めて君を抱いて以来、俺が何度あの時のことを想像して猛《たけ》る身体を慰めていたか知っている？」

「だ、だから、そういうことは」

「君は全然あの夜を思い出さなかった？」

うぐ、と口を噤んだ。

全く思い出さなかったかと言うとそれは嘘だ。

もちろん、こんな今のアリオスのようにギラギラとはしていなかった……とは思うけれど、時折思い出しては一人赤くなっていた時間は確かに存在する。

ぷい、と再び顔を背けるセレティナの反応にアリオスは怪しく笑い、頬に噛みつくように口づけると舌を這わした。

「ひ……」

肌の表面をなぞりながら、彼の頭はどんどん下がって、その手でくびり出された乳首の片方へと絡みつくように吸い付く。

そうしながらもう片方の手では乳房の柔らかさを楽しみながら、感触の変わるその先をひねり、潰し、つまんで引っ張るのだから堪らない。

「あ、あっ、んんっ……んく……」

両の胸の先が熱く、じわじわと疼く熱が膨らんで弾けてしまいそうだ。

少し歯を立てられたり爪を立てられたりすると、鋭い刺激が痺れるように背骨に走って、熱い愉悦と共にセレティナの身体を芯から溶かすようだった。

気持ちいい。

どんなに初々しく見えても、既に触れられる喜びを知っている彼女の身体は、甘い悦楽《えつらく》を前に綻んでいく。

もっとたくさん、もっと深く、快感を与えてほしいと、その身体の中心を熱くしたたらせるように。

チュッとひときわ強く肌に吸い付かれて、赤い花が咲いた。

「……跡、残さないで……マリアに見られちゃう……」

「見せてやればいい。彼女だって俺たちがこんな関係だと知っているだろう？」

「……そういう問題じゃ、ああん！」

思わず高い声が上がったのは、合わせた両足のあわいを強引に割り入った指先になぞられたからだ。

アリオスの指は、セレティナのもっとも熱く柔らかく、そして深い場所を探って、襞《ひだ》の中から敏感な果実を探り当ててしまう。

ぬるぬると溢れ出る蜜液は、彼女の身体の興奮を彼に赤裸々に教える上に、その指の動きを助けてしまうのだからどうしようもない。

「濡れるのが前より早いね。……思い出している？」

「ば、ばか、いやらしいことばかり言わないで！」

「それは無理。もっといやらしいことをするつもりだから」

あっと思った時には、もう両足を掴んだ手に大きく広げられていた。

まるで太腿《ふともも》が腰の脇へ押しつけられるほど深く、大事な場所を無防備に晒《さら》すように。

ハッと視線を下ろせば、むき出しのその場所に彼が舌を伸ばそうとしている姿が見えた。

「だ、駄目、だめ、だめ、そんなとこ、あっ、あああっ‼」

ぬかるんだ秘裂に舌を這わされ、陰核へと吸い付かれた途端、目の前で真っ白な星が散った。

その場所を始点として、身体の芯を熱するような熱い快感に、何かが弾けた気がした。

腰は大きく跳ね上がるのに、弓なりに背が浮き上がり、後頭部を強く寝台に押しつける。

ぶるっと胴震いを起こすくらいの強烈な快楽に、晒されている場所の入り口が痙攣《けいれん》するようにわなないて、その奥から大量の蜜を溢れさせるのが判る。

「う、あっ……んっ……」

震えは収まらない。

たったそれだけで、セレティナの身体は二度三度と大きく揺れ、小刻みに戦慄《わなな》いた。

「……すごいな、たったこれだけで達した？」

「……は、だめ、まってぇ……」

「でもよかった。前は受け入れてくれたけど、なかなかイケなかったみたいだから……安心した」

息が苦しい。

大きく胸を上下させながら呼吸を繰り返しても、全然楽にならない。

彼が言う言葉の意味の半分も理解できないまま、荒い呼吸を繰り返している間にまたその場所を舐められ、今度はじっとりと舌を這わされる。

陰核も、秘裂も、襞も、そしてその入り口も。

「だめ、そんな、とこ、汚い……」

「甘酸っぱい味と、いい匂いがする……くせになりそうだ」

「へ、変態……？」

「失礼だな。でもそんなことを言いながら、君のここは喜んでいるみたいだけど？」

入り口から、ぐいっと舌先をねじ込まれてまた腰が跳ねた。

そうしながらアリオスは指先で陰核を擽《くすぐ》るからまた弾けそうになる。

堪らなく気持ちいい、気持ちよくて堪らないのに物足りない。

舌では入り口の浅い場所を探るだけで、その深みへは到底足りないのだ。

「ここが随分切なそうだけど、どうしてほしい？　あの晩、随分広げたつもりだけど、二ヶ月ぶりだから指で慣らした方がいいかな」

アリオスの頭を押しのけようとする。

でもその手を掴まれては、身動きもままならない。

両足はその間に割り入った彼の身体にがっちりと押さえられて、閉じることは不可能だった。

「そこで、喋らないでぇ……！」

彼が何か言うたびに、敏感な肉襞に吐息がかかる。

しかも触れるか触れないかの距離で唇を動かされると、その僅かな振動さえ背骨を砕くような快感になってセレティナを乱れさせた。

「ひ」

彼がまた、陰核に吸い付いた。

軽く腰が跳ね上がる、切なげに戦慄《うごめ》くその場所の蠕動が痛いくらいに辛い。

「も、いいから、挿《い》れて、はやく……苦しい」

「何を？　指？　それとも……」

「意地悪言わないで、泣くから、ばかぁ！」

既にぽろぽろと涙をこぼすセレティナの様子にアリオスは笑った。

ひどく満足そうに。

こちらが泣いているのに笑うなんてひどい、と思っても彼が労《いたわ》るようにキスをするだけで許せてしまうのだから仕方ない。

早く早くと、自然と腰を揺らす彼女の仕草に、アリオスもまた何かを堪えるように息を詰めると、下穿きの中から取りだしたモノを押し当ててくる。

それはとてもぬるついていて、とても熱く硬く、大きい。

ぐうっと入り口を割って内壁をこすり上げるように押し入ってくるその圧倒的な存在に、セレティナは高く細い悲鳴のような声を上げていた。

「あああぁっ！」

閉じていた場所を強引に開かれる。

内側を隙間なく満たすその存在で、大事な場所が裂けてしまいそうなくらいにいっぱいで苦しいのに、全身の産毛が逆立つような快感に腰が震えた。

「くっ……待って、きつい……」

アリオスは待てと言うけれど、セレティナにはどうしようもない。

彼自身をくわえ込んだその場所が、全力で内側のモノを絞り上げようと絡みつく。

「駄目だこれ、すぐに終わりそうになる……」

呟きながら、彼がセレティナの両足を抱え直すように持ち上げて、身体の位置を調整した。

かと思えばさらに深く腰を押しつけてくる……内側ではその先端が内臓を押し上げるような軽い痛みと違和感に、僅かにセレティナの身が固くなった。

「……痛い？」

短く問う言葉に堪えながら、小さく肯く。

「……奥を強くされると、少し痛い……」

「慣れるとよくなってくるらしいけど、まだ早いかな……？」

「……あなたは、痛くないの？」

「腰が痺れるくらい気持ちいい。……ごめん、動く。ゆっくりするから」

確かにアリオスは最初は、ゆっくりと腰を揺らし始めた。

そうでもしないと締め上げるセレティナの中に負けてしまうと言わんばかりに。

けれどそうすることによって、彼女の未熟な性感帯が優しくしごかれて、よい場所を刺激されるとすがりつくばかりだった内側が柔らかく解け、吸い付き、しゃぶりたてるような、明らかに男を追い立てる動きへと変わっていく。

「あっ、あ、ああ、あっんんっ‼」

彼が夢中で腰を振りたくり、体位を変えながらセレティナの身体に溺れていくのにそう長い時間は必要としない。

また、セレティナ自身も。

「ああっ、あ、ひ、んっ……‼」

目の前がチカチカする。

涙の雫が飛んで、自分が泣いているのか喘いでいるのかも判らない。

足の付け根の関節が麻痺して、ブルブルと震えている。

全身を濡らす汗に寒さを覚えてもいいはずなのに、体温は高まるばかりで、むしろ熱くて熱くて身体の内側から溶け落ちてしまいそうだった。

「アリオ……アリオス、アリオス……‼」

もはや、アロイスの名は彼女の口からは出てこなかった。

決して忘れたわけではないけれど、初恋は今の恋に重なって一つに溶け合い、同じ人へと気持ちが注がれる。

きっとそれはアリオスも同じだ。

前から、横から。

初めての夜にも劣らぬ勢いで……いや、それ以上に深い交わりで彼は幾度も彼女の中を抉《えぐ》り、佳い場所を徹底的にこすり立てる。

最中に、彼は二度果てた。

一度目はたっぷりと中にまき散らしながら抜き放つことなく、すぐに大きく力を取り戻したそれで抉り続け。

二度の果てを迎えて、一度は退いたはずなのに、力尽きて身を投げ出している間にまた、今度は背後から腰を持ち上げられて貫かれた。

「ん、あ、んっ……！」

既に身体を支える腕にはとっくに力が入らない。

腰だけを高く持ち上げられ交わりながら、アリオスの両手は背後からセレティナの背に覆い被さり、シーツと彼女の身体の間にねじ込むと、乳房を強く揉んで尖った乳首の感触を楽しむようにしごきあげる。

もう滅茶苦茶《めちゃくちゃ》だ。

技巧も何もなく、ただ望むままに力一杯抱く彼に、セレティナはもうされるがままだ。

文字通り、身体の全てに彼の手や唇が触れていない場所はないというくらいに暴かれて、より強い快楽を得る内壁を抉るように突き上げられた瞬間、彼女は何度目かの頂点に達した。

と同時に、中で三度アリオスが弾ける。

繋がった場所から、収まりきらない白濁が溢れ、腿を伝い落ちる感覚に、またぶるっと小さく腰が震えた。

「も、だめ、死んじゃう、休ませて……」

「まだ放したくない」

セレティナが訴えても、アリオスはなかなか彼女の身を離してはくれない。

伏せた顔を振り向かされて口づけられ……ずるっと引き抜かれる感覚に再び身震いしたところで、彼女は限界を迎えたように崩れ落ちる。

ひょっとして、結婚したらいつもこんな行為が続くのか？

まさかそんなはずはない、覚えたばかりの行為に夢中になっているだけで、いつか落ち着くはず。

でもそのいつかとはいつだろう？

頭に浮かんだ不吉な予感を追い出すように、セレティナは意識を沈める。

ぐったりと力尽きた彼女の黒髪に、背後から抱きしめたアリオスはそっと口づけるのだった。


翌日の朝は、針のむしろだった。

というのも、マリアの視線が痛い……痛すぎるのだ。

案の定、散々アリオスに抱き潰されたセレティナはろくに立ち上がることもできず、寝台の住人となったわけだが……当然ながら夕べのあれこれはマリアに知られていた。

当たり前だ、乱れた寝台は情事の跡が色濃く残っているし、そうでなくとも夕べの声は外に筒抜けだっただろう。

アリオスはマリアに睨まれる前に、

「一度城へ戻るよ。君はご両親へと、ライアット公爵家への取り次ぎの手紙を用意しておいてくれると助かる」

なんて言いながら早朝に出て行った姿が、今は非常に恨めしい。

もの言いたげな彼女の沈黙にセレティナがとうとう音を上げたのは昼を回った頃だった。

「ああもう、言いたいことがあるならはっきり言って！　いたたまれなくて仕方ないから！」

「あら、なんのことでしょう？」

「そ、それは……」

「私は侍女ですから、ご主人様のプライベートに触れることには慣れております。たとえご結婚もまだのお嬢様が恋人とのひとときを思う存分楽しまれても、口出しする権利などございません」

嘘だ、絶対。

責めているくせに、と思いながらも、反論しないのはマリアに嫌われたくないからだ。

「……ごめんなさい」

「なぜ謝罪なさるのです？」

「……それは、その……してはいけないことをしたから……」

「後悔なさっておいでなのですか？　それとも無理強いをされた？　であれば、いくら王子殿下でも言うべきことは言わせていただきますが」

「ううん。……後悔はしていない。だから……その、余計にごめんなさい」

つまりは悪いことを、褒められないことをした自覚はあるけれど、反省はしていない、ということだ。

だって反省をしたら、アリオスとの時間を否定するような気持ちになってしまう。

いけないことだと判っているけれど、自分で望んで受け入れたのだから否定はしたくない。

そんな気持ちで呟いたセレティナにマリアは微笑んだ、まるで仕方ないなとでも言わんばかりに。

「そこまでお判りでしたら、私が申し上げることは何もありません。ですが、旦那様には内緒にして差し上げてくださいね。決定的な証拠……例えば身ごもられるとか、そういうことでもない限りは。旦那様にとってお嬢様はまだ小さな女の子でしょうから、衝撃が大きすぎます」

「……お母様には？」

「あえて仰る必要はないかと。おそらく奥様でしたら勘づかれるでしょうけれど。でもお嬢様のお気持ちを理解してくださると思います」

「……ええ。そうだと思う」

頭の中に両親の姿を思い浮かべながら、その後セレティナは二人に宛てて手紙を書いた。

二ヶ月前のあの夜、一足先に帰ろうとした途中で起こったこと。

アリオスに助けてもらったこと。

その前に彼と三年も前から出会っていて恋をしたことも。

彼と結婚の約束をし……そしてそれを成就させたいと願っていることも。

『ご心配をおかけし、その上このように一方的なお願いをする親不孝な娘をお許しください。ですが、どうか殿下のお力になってくださるよう、深くお願い申し上げます。それがゆくゆくは、我が家の未来にも繋がることと、強く信じております』

この手紙を見て、両親はどう思うだろう。

怒るだろうか、安堵するだろうか、それとも悲しむだろうか。

最後にセレティナはもう一言、付け加えた。

『お母様と王太子殿下との間に、何があったのか。お尋ねすることは、許されるでしょうか』

その手紙をアリオスに届けてもらったその翌日、彼は母からの手紙を受け取って戻ってきた。

そこには、娘の無事を喜び、理解し、そして受け入れる言葉と共に過去の出来事が綴られていた。

セレティナはその内容に、アリオスと共に目を通したのだった。

『フリッツ様は私を愛してくださいました。けれど、私が愛したのは殿下ではなかった……私は親善大使として国に訪れたことのある、他国の王族に心を奪われてしまったのです』

とはいえ決してその相手との間に何かあったわけではない。

未来の王太子妃としてイザベラは賓客に対して節度ある接待をしただけだ。

相手の王族も礼儀正しくイザベラに接し、それ以上のことはなかった。

だがフリッツは、婚約者の微妙な心の変化に、すぐに気付いた。

『私の心に気付いた殿下は裏切り者だと責めました。たとえ心だけであろうと、他の男性に気持ちを向ける行為は不義だと……そしてそれから殿下は荒れるようになった』

ああ、だからか、と思う。

だから母はこれほど長い間王太子に冷遇されても甘んじて受けていたのだ。

そうなったのは自分のせいだと思ったから。

『殿下に手酷《てひど》く婚約を破棄され、親にも合わせる顔がなく、あんなふうに押しつけられた私をあなたのお父様は受け入れてくださいました。私の裏切りも、殿下のお気持ちも全て承知の上で……私はそれが申し訳なくて、お父様の優しさが逆に辛くて、長くその気持ちを受け入れることができなかった』

そんな母の気持ちが落ち着くのを、父はずっと待ってくれていたという。

父は父で、本来ならば決して手の届かない高嶺《たかね》の花だった母に、密かに想いを寄せていたからだ。

フリッツは決して母が父を愛することはないと高をくっていたようだが、人は見た目だけで誰かを愛するわけではない。

父の真心は確かに母に伝わって、母は過去のことを悔いながらも新たな未来を選択したのだ。

『けれど殿下はそれがお気に召さなかったようです。私があなたのお父様を受け入れたと知るや、あの方の嫌がらせはさらに強くなった』

フリッツは母が幸せになることなど望んでいなかった。

自分を忘れ、他の男を愛するなど許さなかった、父との結婚を命じたのは自分なのに。

セレティナとアリオスが特に嫌悪感を抱いたのは、そんな母に対してフリッツが愛人契約を持ち出していたことだ。

以前セレティナに対して愛妾になれと戯れを言い放ったことがあったが、それと全く同じ……いや、あの時以上に有無を言わせぬ強さで母に迫ったらしい。

『けれど私は断りました。今の家庭を壊したくなかったし、あなたのお父様を裏切りたくなかった。私が父に泣きついたことで、フリッツ様の要求は収まりましたが、殿下の嫌がらせはさらに増し、そして現在に至ります』

王太子からすれば、自分のことは裏切ったのに、自身が取るに足りない矮小《わいしょう》な男だと見下していた父との生活を母が守ろうとしたことが許せなかったのだろうと。

『全ては私の責任です。私が殿下を愛することができず、軽率な想いを抱き、それを隠し通すことができなかったから。そのせいで、あなたやロジャーズも含め、たくさんの人を傷つけてしまいました。本当に愚かなことをしたと……今となっては後悔するより他に手段がありません』

そう、母の手紙は締めくくられていた。

その文面からは過去に対する後悔と、全て自分の責任だと思い詰めた自責の念が伝わってくる。

正直なところ、過去の事情を知った今は、セレティナも王太子の気持ちが全く理解できないとは言わない。

「多分、父上はイザベラ夫人が心を惹かれた相手にも劣等感を抱いていたんじゃないかと思う。当時親善大使としてこの国に来た他国の王族で、年齢が近い人物と言えば……隣国の王だ。その王は若くして頭角を現し、人望も厚く、民衆の人気も高い。現在も安定した治世を誇る騎士王でもある」

それに比べてフリッツの周囲の評価は決して勝っているとは言えない。

近い年齢の王族とはとかく比較されやすいものだが、愛する婚約者が一時的とはいえ、よりにもよってその比較対象に想いを寄せてしまったとあっては、確かにフリッツにとっては大変なショックだっただろう。

母も隠すのなら徹底的に、知られぬように最大限の努力をすべきだった。

その点に関しては母も自分の想いに浮つき、脇が甘くなっていたとしか言いようがない。

「でも、それでもお母様は裏切らなかった。ご自分のお心に秘めて自制なさったのよ。それなのに、こんなに長く恨まれるほどの重い罪だったの？　それともこう思うのは私がお母様の娘として欲目があるからかしら」

「それを決めるのは当人同士だから、他者が決めつけられるものではない。ただ……俺なら、もし君に他に心惹かれる人ができてしまったと知ったら、やっぱり辛いと思う」

「……それは……そうだけど……」

セレティナももしアリオスが他の女性を、と思ったら辛い。

フリッツが酷《ひど》いと言い募る言葉が喉に引っかかりそうになるくらいに。

「それでも、父のその後の行いは間違っていると思う。誰も幸せになれないばかりか、自分で自分の足下を崩している。それが父一人のことであるなら好きにすればいいけれど、王太子として大勢の人を巻き込む立場にいる人間が、そんな理性のない有様では駄目だ」

「アリオス……」

「きっと、父はその時の感情にまかせて、夫人としっかり話し合いができていなかったのだろう。イザベラ夫人に父を傷つける要因があったのだとしても、相手の言葉に耳を傾けることができずに一方的に責める父の行いは未熟だ。それができていれば、今頃違う未来があったかもしれないのに」

そうすれば、今のフリッツは王太子として相応しい人になっていたかもしれないし、彼の隣には変わらず母が王太子妃として寄り添っていた未来だって、きっとあった。

「……でも、それじゃ今度は私が困るわ」

「えっ」

「だって、お母様が予定通り王太子妃になっていたら……私もあなたも、この世に生まれていないのよ。あなたは困らないの？」

むうっと頬を膨らませて唇を尖らせる。

それになんだか、母と王太子が、なんて考えるのもかなり不快だ。

「私にとってお母様はイクラム侯爵夫人で、その家族はお父様と、私と、弟の四人。そして……」

「そうだね、できるだけ早い内に俺も君の家族に仲間入りしたい」

言い様、アリオスはセレティナの頬に口づける。

優しく労り甘やかすようなキスはとても心地よくて、その甘さに酔わされてしまいそうになりながら、小さな笑い声を漏らした。

「あなたがそう言ってくれて嬉しいわ」

実家側の事情を知り、協力を得ることができたのとは別に、ライアット公爵家の祖父宛に送った面会を求める手紙への返事はその翌日に届いた。

結論から言って、その面会は無事成功した。

何しろフリッツが夜会で行ったセレティナへの侮辱と、両親への侮辱は当然ながらライアット公爵である祖父にも既に知られていて、祖父は娘だけでなく孫娘までも傷つけられたことにたいそう怒っていたからだ。

「バレスの後押しを受けて随分と増長しているようだが、この国は王族のみで成り立っているわけでも、貴族はバレスだけでできているわけでもない。その事実をそろそろ思い出させてやろう」

どうやらフリッツは他にも色々とやらかしているようで、祖父の声かけで他にも多くの貴族達の同意を得ることはそう難しいことではないらしい。

「だが私まで動かすとなると、殿下方も後戻りはできません。そのお覚悟は当然、お持ちでしょうな?」

「もちろんです。ライアット公の支援をいただけるなら、これ以上頼もしいことはありません。無事ことが成った暁《あかつき》には、決して私も兄もその恩を忘れることはないでしょう」

「と、殿下は仰っていますがお爺様。一方的な恩の押しつけはほどほどになさってくださいね。行き過ぎた支援が現在どのようになっているのかは、王太子殿下のお姿を見れば明らかですし……そもそも、殿下のお申し出は我がイクラム家にとっても、このライアット公爵家にとってもまたとないお話であるはずです」

　はっきりとセレティナが釘《くぎ》を刺せば、祖父は一瞬むっとその眉を顰《ひそ》め、それから我慢できないとばかりにその両腕で孫娘を抱きしめた。

「もちろん判っているとも。お前を救ってくれたというだけでも、殿下には感謝している。お前の母が、一度だけの例外をのぞき私の手助けを強く拒絶したために私も静観せざるをえなかったが……両殿下がその気になってくださらなければ、我が家も今後について物騒な身の振り方を考えなくてはならなかっただろう」

　祖父は明言を避けたが、反逆、という言葉が浮かぶ。

　三大公爵家の一つであるライアット公爵が王家に反旗を翻《ひるがえ》すなどということになれば、この国そのものの平穏が打ち砕かれる可能性が非常に高かった。

　どうやら思った以上に、我が国の命運は危ういところであったらしい。

　アリオスがぞっと顔を青ざめさせ、次いでホッと息を吐いたくらいに。

「そのようなご心配をおかけしていたとは……いえ、公爵がそのようにお考えになるほど、我が父が信用を失っていたと言うことですね。……身につまされる思いです」

「実子のあなたには、耳の痛い話でしょうが、それが事実です。王太子殿下の気に入らぬ者に対するなさりようはあまりにも無情で卑劣にすぎる。そのような人物が王位に就けば、我が国の未来がどうなるか想像したくもない。同様に未来への不安を抱いているものは多く存在します」

「はい」

「正直に申し上げるならば、この話を持ってきたのが我が孫娘でなければ、見て見ぬふりを続けていたあなたやオシリス殿下のお話を聞くつもりもありませんでした。このたびのお話は我が公爵家にとっても家の命運を賭けた大きな決断です。その命運を賭ける信頼が、現在の王室にはございませんので」

続けて祖父は言った。

王室そのものを入れ替える意思もあったのだ、と。

「お爺様」

あまりにも手厳しい祖父の言葉に、さすがに聞いていられないと止めに入るが、セレティナに目を向けて首を横に振ったのはアリオスだ。

「ライアット公の仰るとおりです。失った信頼をすぐに得ることができるとは思っていません。私も兄も、これから先の行動で皆の信頼を再び得られるよう、粉骨砕身の努力を重ねていくつもりです」

「そのお言葉が、この場限りのものではないことを、心から願っております。……ときに、アリオス第二王子殿下」

不意にライアット公爵の声音が変わった。

厳格に響いていた祖父の声が、今はまた別の怒りやもどかしさを堪えているように聞こえて、恐る恐る祖父の顔を見上げたセレティナは、そこで目撃する。

公爵として毅然に取り繕っていた時よりも、今の方がもっと怖い顔をしている祖父に。

「セレティナは娘のイザベラとは違い、自由奔放に育てられました。ですがどこに出しても恥ずかしくないだけの教養は身につけさせておりますし、一度懐に入れた者に対しての情は厚い娘です」

「はい」

「…………母娘二代にわたって、泣かせるような真似をなさる際には、どうぞそれ相応のお覚悟を。我が家門は大人しく飼われ、搾取されるだけの家畜ではありません」

室温が、確実に十度は下がった。

初夏、それも室内だというのに、まるで冬の報せを告げるような冷たい風がどこからともなくこの場にいる者達の間を吹き抜けて消えていく。

「……肝に銘じておきます」

かろうじてアリオスは微笑みを保って答えたが、やはりその顔色は心なしか青ざめ、笑みが強ばって見えたのは気のせいではないだろう。

第五章　悪役令嬢の娘なので、もう遠慮はいたしません

イクラム侯爵家はもちろん、ライアット公爵家の協力を得て、数日後にはセレティナとアリオスの手元に続々と王太子に関する情報が集まり始めた。

「いっそこれだけ集まってくると爽快《そうかい》を通り越して恐ろしくなるな」

「つまりそれだけ王太子殿下の治世に不安を持っている者が多いということでしょう。私も想像以上で驚いたわ」

セレティナ自身虐げられている側の人間なので、未来への不安は人一倍強い方だ。

だが集まった情報を見ると、その多くは出所不明の匿名情報も多いのだが、きちんと家の名を記したものもある。

きっとライアット公爵の名を信用して、名を連ねてくれたのだろう。

「もちろん裏付けは取らなくてはならないが、これらの全てが本当に事実なのであれば……我が父ながら、救いようがないな」

「お父上にまだ情があるなら、できるだけ穏便に済ませる方法もあると思うけど？」

セレティナとしては端的に言えば、王太子をその座から引きずり下ろし、オシリスが玉座について、

王太子に不当な理由で迫害されてきた者達が平穏に暮らせるようになればそれでいい。

「でも、それは最低限の妥協ラインだろう？　さらにそれ以上を望めるとしたら、君はどうしたい？」

「あのお綺麗なご尊顔が歪むほど、全力で拳の一発も入れられたら最高にスッキリするだろうな、とは思うわね」

うっかり気を抜いて、これまで心の中で顔面に何発入れたんだ、と問われても仕方ないようないい笑顔を浮かべてしまった。

いけない、あんなのでもアリオスの実父だと、スッと表情を取り繕ったが既に遅かったらしい。

真面目に書類に目を通していたはずのアリオスの肩が細かく揺れ始める。

彼は数秒我慢したらしいけれど、結局は無駄な努力だったようだ。

「君、その顔……！」

吹き出すように笑う彼の反応に内心ホッとしつつも、セレティナは誤魔化すように視線を泳がせた。

「ごめんなさい、積年の恨みがやっと晴らせる時がくるかと思うとつい……でも、アリオス、あなたは本当にいいの？」

「父上のことか？　いいんだよ。君は家族と仲が良いからどうしても俺の父への感情を心配してしまうのだろうけど、本当にあの人とはただ血が繋がっているだけの他人という感覚しかないんだ。僅かばかり残っていた情も、君への危害を企んでいると知った瞬間に消えてしまった。……ただ母に対しては、手心を加えてやってもらえると嬉しい」

話を聞けば、アリオスの母アデリシアは、美貌の王太子に言い寄られて舞い上がってしまっただけの、本当に当たり前の下級貴族令嬢だったらしい。

フリッツの目に留まらなければ、王太子妃なんて身の丈に合わない立場につくことも、王宮でひどい苦労をすることもなく、身分の釣り合った相手と結婚して穏やかに暮らせただろうと。

「この機会に王太子妃なんて重責から解放されて、静かに人生をやり直して欲しいと思うよ。兄も今のまま静かに暮らす分には、そっとしておくつもりだと仰っていた」

「そう……判ったわ、王太子妃様には私は個人的な恨みはないから、それでいい」

厳密に言えば王太子妃も母を出し抜くために口裏を合わせた人物ではあるけれど、彼女の立場では王太子に命じられれば否とは言えなかっただろう。

王太子のやったような陰湿な嫌がらせに比べれば、随分可愛いものだ。

「ただ父に関しては、手ぬるいやり方だといずれまた良からぬことを考えて這い上がってくるかもしれない。本人のためにも徹底的にやった方がいい」

「じゃあ、こういうのはどう？」

どのみち既に王太子を断罪する材料は揃《そろ》っている。

後は、どう断罪するか、だ。

「せっかくだから、お母様がしていただいた時のような素敵な舞台を用意しましょう。タイトルをつけるなら、悪役令嬢の娘の復讐、なんてどう？」

そう言って、にんまりとセレティナは笑った。

それこそ彼女こそが、物語に出てくる悪役のように。


それから数日後。

とある貴族家で、大規模な夜会が開かれた。

その貴族家の当主の亡くなった曾祖父《そうそふ》の百二十回目の誕生日、と一瞬首を傾げたくなる名目のパーティとのことで、王都に滞在する貴族家の殆どに招待状が配られたのだ。

近年、王宮主催のものよりも控えめにすることが暗黙の了解となっている中で、その夜会の規模の大きさに多くの者は驚き、同時に興味をかき立てられて非常にたくさんの来場客が押し寄せることとなった。

美しい光を弾くシャンデリアも、生花やクリスタルガラスで飾り立てられた壁や柱も、置いてある調度品の一つ一つまで贅《ぜい》をこらした夜会の参加者は、王宮では見られない打ち解けた雰囲気で笑いさざめいている。

ダンスホールの中央では若い青年は花嫁を、令嬢は嫁ぎ先を求めて踊り、親世代はシーズンオフの交流や狩り、または最近の世情や噂話《うわさばなし》などで盛り上がる。

そのようなやりとりに夢中になっていた人々の視線が、ピタリと吸い寄せられるように注がれたのは、パーティが始まってほどなくしてからのことだった。

「第二王子アリオス殿下、並びにイクラム侯爵令嬢、レディ・セレティナのご入場です」

会場入り口の家令が呼び上げる名に、人々の間に大きなどよめきが走った。

「アリオス殿下ですって？　あの方は王宮主催の舞踏会でもあまりにお姿をお見せにならないのに？」

「その殿下のパートナーが、あのイクラム侯爵令嬢だと？　王家は侯爵家への態度を改めることをお決めになられたのか」

「殿下にはマイヤー伯爵令嬢のご縁談があるとの噂は嘘だったの？」

様々な声や視線が四方八方から突き刺さる。

それらを肌でひしひしと感じながら、セレティナは高笑いしたいのを懸命に耐えると、気持ちアリオスに身を寄せた。

まるで恋人が甘えるように。

「ご機嫌のようだね」

からかうように囁かれて、もちろんよと彼女は笑う。

何しろ今まで散々陰口を叩かれ、壁の花扱いだった自分がこんなどよめきをうけて注目されるのは大変に気分がいい。

隣のエスコートも文句なしだ。

今夜、セレティナはその艶やかな黒髪と深い紫色の瞳をより一層引き立てる、深い青のドレスを身に纏っている。

ところどころ夜の星のように白く輝くムーンストーンや、小ぶりのダイヤをいくつも縫い付けたそのドレスは、見るものが見ればアリオスの瞳をイメージしたものだとすぐに判るだろう。

そしてアリオスの方は彼女の黒髪と瞳の色を思わせる黒色の衣装と、クラヴァットは深い紫。

どちらも相手を意識した特別な色だ。

「明日から……いいえ、今この瞬間からどんな噂が広がるか、そしてどんなふうに変化してあの方の耳に届くか楽しみだわ」

「悪い顔をしているなあ」

「あら、悪い女はお嫌い？」

「いいや、とても魅力的だ。どんな君でも愛しているよ」

不意を突くように素で甘い言葉を囁くアリオスの声に、セレティナの頬がすうっと赤く染まる。

まるで稀代《きだい》の悪女が、純真無垢な乙女になったような鮮やかな変化に、周囲の人々から次々に息を呑む気配が伝わってきた。

ここはもっと、王子を誑《たら》し込んだ悪い女の設定でいくつもりだったのに、これでは路線変更を余儀なくされてしまうではないか。

もう、と軽くアリオスを睨んだ。

目前で、そのアリオスが跪き、希《こいねが》うように手を差し出されたのはこの直後だ。

「私と踊っていただけますか」

さすが王子様だと、ほうと感嘆の溜息が漏れそうになる。

一体どれだけの娘達が、こんなふうにダンスを乞われる姿を思い描いたことだろう。

こんなふうに誘われたら、どんな鉄壁の乙女であっても、簡単に手をとってしまいかねない。

「私でよろしければ、喜んで」

手に手を重ねると、スッと姿勢を正した彼が流れるようにもう片方の手でセレティナの腰を抱いた。

ちょうどタイミングよく……否、タイミングを合わせて会場に流れる音楽に身を委ね、アリオスのリードに合わせて足を踏み出せば、ふわりと青いドレスの裾が品良く舞い上がる。

これは芝居だ。

人々の目により強く印象づけ、王太子の耳にイクラム侯爵令嬢が健在であり、なおかつアリオスと恋人同士のように振る舞っていたと届くように。

「何を考えているの？」

「……あなたのことよ。素敵すぎて、お芝居だって忘れてしまいそう」

「君と俺との関係は芝居じゃない。心のままに振る舞っていいんじゃないかな」

「そうなの？　じゃあ、アリオス」

「うん？」

「好きよ」

……一瞬、完璧だったアリオスの足下が乱れた。

セレティナの見つめている前で、必死に平静を装いながらも彼の耳がみるみる赤く染まっていくのが判る。

「あなたの耳、真っ赤ね。可愛いわ」

「からかわないでくれよ。足下を間違えそうになる」

「あら、いいじゃない」

同じく頬と言わず首筋から耳元まで真っ赤に染めながらも、余裕ある素振りで微笑むセレティナの様子に、今度眉を顰めたのはアリオスだった。

「それ以上煽ると、ここでキスをするよ。いいんだね？」

「……」

確かにそうするとインパクトはすさまじそうだが、さすがに人前でそれは困る。

微笑みながら口を噤むと、心なしか残念そうに彼は笑った。

この夜の出来事は、わざわざアリオスがキスまでしなくても、瞬く間の内に広がって王宮まで伝わる。

もちろんわざと噂を広げるための協力者も用意していたけれど、その必要もなかったようだ。

多くの憶測が広がった。

二人の仲はどうなのか。

イクラム侯爵令嬢が行方不明という話は偽りだったのか。

その仲を王家、そして王太子は承知しているのか。

それらの真相を知りたいと、その夜をさかいにイクラム侯爵家に山ほどの招待状が舞い込むことになった。

セレティナはその中でも特にお喋りで、好奇心旺盛な令嬢や夫人の誘いを積極的に受けて足を運んだ。

「これまで一体どちらにいらっしゃいましたの？　社交界ではご令嬢の行方を皆心配しておりましたのよ」

嘘ばっかり、と内心毒づきながらももちろん顔に出すことはしない。

「実はあの王宮からの帰り道、何者かに攫われそうになりまして。危ないところを、偶然アリオス様に助けていただいたのです」

「第二王子殿下が？　でもそういえばあの舞踏会で、いつの間にか殿下のお姿がないとマイヤー伯爵令嬢がお探しになっていらっしゃいましたわね」

「では第二王子殿下とはその時から？」

問われてセレティナは恥ずかしそうに肯いた。

「何者かの仕業か判らない以上は、侯爵家に帰るより祖父の元で保護していただいた方がいいということになりまして……ずっと、ライアット公爵家にひっそりお世話になっておりました。アリオス殿下は心配して、幾度か通ってきてくださいましたわ」

嘘は、事実と半々に混ぜるとよいと聞く。

ライアット公爵家に匿われていたというのは真っ赤な嘘だが、何者かに襲われてアリオスに助けられたのは事実だし、そんなセレティナの元へアリオスが通っていたのも事実だ。

「イクラム侯爵夫妻の憔悴ぶりは見ていられないほど酷いものでしたのに……ご両親もご存じでいらしたのですか？」

「何者かの仕業か判明するまでは伏せた方がいいと祖父と殿下の指示でしたので、両親に知らせたのはごく最近です。本当に大変な心配を掛けてしまい、心苦しく思いますわ」

「では今お戻りになったということは、犯人は捕まったのですね？」

最後の問いにだけはセレティナは微笑んだまま答えなかった。

そうすることで様々な憶測が広がることを承知の上で、だ。

人々は、こちらが黙っていても噂する。

もしかすると口に出しては言えない相手が犯人なのではないかと。

それでなくてもイクラム侯爵家を目の敵にしている人物の存在を、多くの人が知っているのだから。


「ふざけるな、何が結婚だ！」

王太子の執務室から激しく叫ぶ声と共に、いくつもの調度品が叩き付けられ、砕かれる音が響いた。

部屋の隅に待機していた近侍や侍女が怯えたように身を竦ませるが、王太子に何か意見できる者などこの場には存在しない。

一体この僅かな時間でどれほどの貴重な品が台無しになったことか……しかし傷つき割れたそれらを目にしても、王太子フリッツの怒りが収まることはなかった。

「アリオスの奴め……！　私の目を盗んでなんてことをしてくれたんだ！　父上も父上だし、オシリスもそうだ、どいつもこいつも！」

フリッツが荒れている理由は、もちろん行方不明だったイクラム侯爵令嬢にまつわる話である。

到底人前になど出られぬほど傷つけるようにと命じたはずなのに、確かにその任務は遂行したと連絡を受けたはずなのに、どういうわけかあの娘は無傷で、それどころか息子のアリオスをパートナーに華々しく社交界に返り咲いたのだ。

話によれば、アリオスとイクラム侯爵の娘はたいそう睦《むつ》まじく、親密な関係であるらしい。

また腹立たしいのは上の息子や、父である王の反応だ。

よりにもよってアリオスは王とオシリスにイクラム侯爵令嬢との婚姻を願い出たのだという。

そしてその申し出を兄王子も、王も前向きに受け止めた。

「二人が結ばれることによって、長年の様々な憂い事を水に流すことができるのなら、それは喜ばしいことです。そうは思われませんか、陛下」

「確かにな。突然のことに驚いたが、レディ・セレティナはイクラム侯爵家だけでなくライアット公爵家の血も継いでいる、王子妃とするに申し分ない血筋の令嬢だ」

そう言って、王は反対するどころかむしろホッとするように息を吐いたという。

その話を耳にした途端、多くの貴族は思い出しただろう。

これまで社交界で散々冷遇されてきたために下に見られることの多かったセレティナだが、元を辿《たど》ればこの国でも有数の尊い血筋の令嬢であると。

それを思えばこれまでの扱いがあまりにも異常すぎたのだ。

まるで悪い魔法が解けたかのように、次々と貴族達の認識が変わっていく。

それはあまりに変わり身の早い処世術でもあったが、フリッツを刺激し、煽るには十分だった。

こうなることを恐れたからこそ、息子との仲に気付いてすぐに引き離すよう画策したというのに、全て台無しである。

「どうか落ち着いてください、王太子殿下。既にアリオス殿下とイクラム侯爵令嬢との婚姻についてはライアット公の後押しもあり、陛下が許可を出してしまっておられます。覆すことは難しい」

執務室内で皆が震えている中、唯一冷静に王太子を窘めようとしたのはフリッツの伯父であり、もっとも強固な彼の支援者であるバレス公爵家の当主である。

これまでフリッツがどのような行いをしようと、たとえそれが強引な手段であろうと全て握りつぶしてきた公爵が、今は後ろ向きな発言をしていることがフリッツには腹立たしくて仕方がない。

「ならばどうしろと言うのだ！　アリオスは私の息子だぞ！　その息子がイザベラの娘と結婚など、

どうして許せる！」

「幸いにしてアリオス殿下は第二王子であり、いずれ臣下となるお方です。オシリス殿下には改めて我が家門の娘を……」

「ふざけるな、負けを認めて黙って結婚を受け入れろというのか！　大体あの娘の排除に成功した、というあの報告は何だったのだ！」

二ヶ月前、イクラム侯爵令嬢のセレティナが、王宮舞踏会の帰りに姿を消した際、フリッツは確かに任務を遂行したという報告をこのバレス公爵本人から受けている。

公爵が言うのならば間違いないと信用していたというのに、実際にはこのていたらくだ。

「おそらく手のものの一部が買収され、偽りの報告を上げていたのでしょう」

バレス公爵の命令を差し置いて買収できる者など限られている。

ライアット公爵か、あるいは……アリオスが裏切ったのか。

「……今一度手を回せ。今度は名誉を穢すなどと生ぬるい手段ではなく、確実に始末しろ。イザベラの娘を王族に迎えてなるものか！」

「どうか冷静になってください。阻止した者がライアット公にしろアリオス王子にしろ、このように判りやすく挑発している以上は、殿下が再び手を回すことも予測しているでしょう。おそらく陛下やオシリス王子もあちらについているとなれば、高い確率で失敗します」

「煩《うるさ》い！」

ダン、とひときわ強く執務机を叩き付ける。

まるで子どもが癇癪を起こしたように聞く耳を持たず、乱暴に椅子に腰を下ろすフリッツの頭にあるのは、アリオスでもセレティナでもなく、イクラム侯爵夫人イザベラだった。

（あれほど愛していたのに、イザベラは私を裏切った。私に向けた笑顔も言葉も、全て嘘だった……）

イザベラの心の裏切りを知ったあの時から、フリッツの心から怒りと悲しみ、そして憎しみが消えたことはない。

彼女にまつわる何もかも全てが憎かった。

自分が苦しんだ以上に彼女を苦しませてやりたい、幸せになどさせてやらぬと命じたロジャーズとの結婚だったのに、彼女は甘んじて受け入れたばかりかそのロジャーズとの間に子までもうけた。

婚約時代、どれほど自分が望んでも婚礼を挙げるまでは駄目だと、拒み続けてきたくせに。

つまらぬ男の血を感じさせる瞳の色を持ち、年々彼女に似てくる娘など、その目の前でくびり殺してやりたかった。

あるいはその身を散々に穢し甚振ってやれば少しは溜飲《りゅういん》も下がるかと思ったが、それを止めたのはアリオスだ。

その後息子がイザベラの娘と恋仲になっていると知った時の、はらわたが灼《や》けるような怒りは今もはっきりと思い出せる。

本音を言えば娘を襲わせた時、殺してしまえと命じたかった。

散々に暴行を受けボロボロになった娘の遺体を目の当たりにすれば、さすがにあの夫婦も健気に堪えるふりなどしていられないだろう。

無残な娘の遺体を抱きながら、絶望に嘆けばいいのだと。

（しかし父上の手前それはできなかった。孫娘が死んだとなれば、今は大人しくしているライアット公もさすがに黙っていないだろう。死なずとも令嬢としての価値を失えばいいと、手心を加えたのが間違いだったのだ）

いや、まだ間に合う。

身の程を知らぬ小娘と、自分を裏切った者達に神の鉄槌《てっつい》をくだせばいい。

父や息子達が何を言おうと構うものか、近いうち玉座に座るのは自分だ。

王にさえなってしまえば、外野の言葉などいくらでもねじ伏せられる、と。

「……承知しました」

何を言おうと聞く耳を持たないフリッツの様子に、バレス公爵は静かに息を吐き出すと恭しく一礼して部屋を出る。

フリッツは知らない。

その公爵が王太子の元から辞する廊下で、一人、誰に言うともなしに呟いた言葉を。

「……あの王太子はもう駄目だ。使い物にならん以上は、我が家も身の振り方を考えるべきだろうな」

こうしてフリッツは、最後にして最大となる己の支援者を静かに失ったのである。


その時は、それから半月後、王宮の大広間で訪れた。

この半月の間、社交界では再びショッキングな噂が飛び交い、人々はその話題で持ちきりだった。

お喋り好きな夫人達は言う。

「ご存じ？　イクラム侯爵令嬢がまた、行方不明になられたのだそうよ」

「聞いたわ、つい先日伯爵家の夜会の帰り、何者かに襲われたのでしょう？　イクラム侯爵家の馬車と御者が傷だらけだったって」

「近くで大量の血痕が発見されたのですって。もしそれが令嬢のものであれば……残念だけれど、無事ではないでしょう。でも立て続けに二度も襲われるなんて、恐ろしい」

噂の渦中にある、イクラム侯爵令嬢セレティナが、再び何者かの襲撃を受け、消息不明となったのは一週間程前のことだ。

今も侯爵家や、ライアット公爵家、そして婚約寸前だった第二王子アリオスが彼女の行方を捜してあちこち駆けずり回っているが、未だ見つかっていない……そう、世間では噂されている。

だが同時にもう一つの噂が、人々を戸惑わせてもいた。

というのも、そのような状況であるにも関わらず、だ。

「王太子殿下が、アリオス殿下とマイヤー伯爵令嬢との婚約を強行なさろうとしているそうよ。まだアリオス殿下は侯爵令嬢の行方を諦めずに捜しておられるのに……」

「いくらイクラム侯爵家に思うところがあったとしても、ご自身のご子息がお心を痛めているのにも構わずこのタイミングで、なんて……さすがに王子殿下がお気の毒だし、マイヤー伯爵家の良識も疑ってしまうわ。もしかして侯爵令嬢を襲った犯人って……」

「しっ。滅多なことを言っては駄目よ」

そう、あれほど仲睦まじい姿を人々の前に披露しておきながら、そう時間をおかずに恋人の行方が判らなくなって傷心している息子に、これ幸いとフリッツは元々推し進めていた伯爵令嬢との婚約を発表しようとしているのだ。

まるでセレティナの入る隙間などない、と言わんばかりにだ。

人々が眉を顰めるのも無理はない、再びセレティナの行方が判らなくなってまだ一週間。

いくら何でも話を進めるのが強引過ぎる。

まるで二度とセレティナが戻ってくることはない、と確信しているようだ。

そんな状況であるから、もしかするとセレティナの失踪にはマイヤー伯爵家が関わっているのではないかと疑いの眼差しを向けられている。

そのせいもあって、以前はあれほどアリオスに対して好意的に振る舞っていたマイヤー伯爵も、望んだ婚約が発表されるだろうパーティだというのに、心なしかその表情は暗い。

なんとも言えない雰囲気の中、今夜の夜会に出席する人々の耳に、王族の入場を知らせる高らかなファンファーレの音が響いた。

先に会場に姿を見せたのは王だ。

続いて王太子のフリッツに、第一王子のオシリス。

話題の人である第二王子アリオスの姿は、この時点では見当たらない。

注目する人々の前で声を上げたのはフリッツである。

「皆のもの、よく集まってくれた。大いに交流を深め、楽しんでほしい。だがその前に、皆に喜ぶべき報せがある。今夜、我が下の息子の婚約が決まった。よりよい国の発展のためにこれ以上相応しい相手はいない、素晴らしい縁組みだ。祝福で迎えてほしい」

人々が困惑していることに気付いているのかいないのか、フリッツは高らかに告げると、その言葉に続いて再びファンファーレが鳴り響く。

大きく開け放たれた正面の扉の向こうから、ゆっくりと姿を現したのは一組の男女だ。

一人は、第二王子アリオス。

そして彼がエスコートする令嬢は……その姿を目にした全ての人の間でざわめきが起こった。

その位置からはまだ見えないのか、フリッツが実に機嫌良い笑みを浮かべているが、しかしその笑顔が強ばっていくのにそう時間は必要ない。

純白の礼服に身を包んだアリオスの隣で、深紅のドレスの裾が幾重にも重なった大輪の花のように広がる。

大きく腰にボリュームを持たせ、たっぷりの生地でドレープを作り、細かい宝石と銀糸の刺繍で縫い上げた華やかなスカートの部分とは対照的に、上半身に向かうに従ってボリュームは抑えられ、華奢な肢体を浮き立たせるようにデザインされたそのドレス姿の令嬢を、フリッツは言葉もなく凝視している。

そこにいるのは、二十数年前婚約破棄を告げた時の、イザベラと全く同じドレス、アクセサリー、そして髪型と化粧をした、現イクラム侯爵令嬢セレティィナの姿だったからだ。


「貴様、なぜ……！」

こちらを見て動揺する王太子の反応から、どうやら彼は自分が今夜ここに現れるとは本気で思っていなかったらしいと、セレティィナは腹の中でほくそ笑む。

彼の元にはセレティィナへ送った刺客が、今度こそしっかりと仕事を果たしたとの連絡が入っているはずだ。

もちろんそうなるように手を回したのはこちらだが。

ちらと隣のアリオスを見上げれば、さすがに彼も哀れむ眼差しを目の前の父へ向けている。

だがそれも僅かな間のことで、すぐに気を取り直すと隣のセレティィナの腰を支えるように抱き、一歩、また一歩と二人は割れた人々の間を抜けるように前へ進んだ。

「我が国の、偉大なる王に心からの敬意を」

王に向かって言葉と共に一礼するアリオスに倣って、セレティナも完璧なカーテシーを披露する。

堂々としたその振る舞いは、少しばかり古めかしいデザインのドレスもアクセサリーも、却《かえ》って新鮮で威厳ある印象を与える。

人々を見回すようにセレティナが微笑むと、彼らは息を呑むようにざわめきを収め、沈黙した。

その姿は以前のように壁際で目立たなく振る舞っていた地味な侯爵令嬢とは全く違う。

誰もが見惚れるほどに美しく気品のある貴婦人だ。

きっと母の若かりし頃を知っている多くの者が、今の自分に昔の母の姿を重ねているに違いない。

「おぬしが自ら選んだ令嬢と共にこうして私の前にやってくる日が来るとは、正直思っていなかった。自身で掴んだ選択に大いなる祝福があることを、王として、そして祖父として願おう」

静かに下の孫へと祝福の言葉を向けた王の眼差しが、次はセレティナへと向かう。

「そしてイクラム侯爵令嬢。噂によれば随分な災難があったと聞いているが、今こうして無事に会うことができたことを嬉しく思う。その身に不調はないな？」

表向き身を労《ねぎら》っているように聞こえて、実のところは王子の隣に立てる清らかな身であるかを尋ねているのだと誰が聞いても判る。

無論未婚の令嬢に対して衆人環視の前で告げるには残酷な言葉だが、何者かに襲われたという噂がある以上、身の潔白を宣言する場は必要不可欠だ。

王の前で偽りを口にすることは許されていない……この場で発言することで、セレティナはどのような手段よりも確実に己の身の潔白を証明することができる。

「もちろんでございます。私に恥じる理由は一つもございません」

貴族令嬢として必要な純潔を保っているか、という意味では是《ぜ》とは答えられないが、その点についてはアリオスが共犯だ。

恥じる理由はない、という言葉に嘘はないと、隣の王子を見上げて微笑む。

ここは彼との仲の良さと意思の疎通のアピールを目的としているので、アリオスも微笑み返してくれればそれでよかったはずだが、何を思ったかアリオスは微笑むだけでなくセレティナの片手を取るとその指先に口づけてみせる。

王子の過剰アピールに、周囲から小さなどよめきと、正面から無言で注がれるフリッツの視線が痛いのを通り越して心地よい。

(ああ、気分がいいわ。前に今まで散々不遇な扱いを受けてきた立場としては、いっそこの機会に高笑いで応じてやりたいけど、それはまだもう少し我慢我慢)

ぎゅっと表情筋に力を込め、美しく清楚な令嬢の表情を保つセレティナの様子を、アリオスが目を細めながら見つめている。

笑いたいのか、愛でたいのか……いずれにせよ社交界では無感動な王子として名の知れていたアリオスの柔らかな表情と雰囲気は人々の目に明らかだ。

放っておくといつまでもセレティナを見つめていそうなアリオスを促したのは、兄王子のオシリスである。

「アリオス。侯爵令嬢と共に陛下の元へ来たと言うことは、そういうことでいいのだな?」

「はい。陛下にお願い申し上げます。私とこちらのレディ・セレティナとの婚姻をお認めください」

アリオスとセレティナの二人は改めてその場に跪くと深く頭を下げる。

この場で初めて許可を得るという体裁を取ってはいるが、もちろん事前に根回しは済んでいる。

よって王の返答も決まっている。

さりげなく玉座に近い位置に、セレティナの父と母、そして祖父が集まっているところからしても、王の許可が下りるだろうと誰もが考えていた。

唯一、王太子であるフリッツ以外は。

「お待ちください、父上。私はそのような話を一切聞いておりません。アリオスの父親として、この結婚を認めるわけにはいきません」

ここで止めに入ることは王の言葉を遮ることになる。

しかし今止めなくては二人の婚約は正式に認められてしまう。

フリッツとしては唯一異議を唱えることのできる機会を、逃すわけにはいかないだろう。

もちろんそんなこと、こちらも承知しているけれど、セレティナはことさら傷ついた表情で、ふらっとアリオスに身を寄せた。

そのセレティナをアリオスが支える姿は、きっと周囲には親の一言で引き裂かれる恋人同士に映ったに違いない。

「レディ・セレティナはイクラム侯爵家の息女であり、ライアット公爵の孫娘でもあります。血筋、家柄共にこれ以上を望むのも難しいくらいのご令嬢です」

アリオスの反論に、すかさずフリッツも言葉を返す。

「血筋や家柄を問題としているのではない！」

その声に明確な苛立ちが込められている様を、セレティナは冷静に見つめていた。

理性的な者であれば、今ここで回答することなく、日を改める手段を選択するだろう。

しかし予想外の出来事で一瞬にして感情的になったフリッツに、それは難しいらしい。

「お前は今まで何を見てきたのだ！　その娘の親が私にどんなことをしていたか忘れたのか！」

まるで自分が被害者のような物言いだ。

フリッツから見れば、確かにそうなのだろうが、こちらにも言い分がある。

周りはこれからどうなるのかと成り行きを見守っている。その多くが好奇心であろうとも、長く沈黙を保ち続けてきたイクラム侯爵家の者が反論するまたとないの機会だ。

その機会を、セレティナも逃すつもりはない。

「……陛下、恐れながらこの場で発言することをお許しいただけますでしょうか」

「許可しよう」

告げながら、王の表情に失望と疲労が見えるのは、この期に及んで変わろうとしない息子の言動を憂いているからだろうか。

いや、それ以上にこうなるまで放っておいた自分に責任があると自戒しているのかもしれない。

本音を言えば王太子ほどではないにしろ、王にも言いたいことはある。

だが今それを言っても始まらないと、セレティナはまっすぐに顔を上げるとフリッツに向き直った。

「王太子殿下に申し上げます」

「お前のような小娘が何を言うつもりだ。アリオスをたぶらかすことに成功したからと、つけあがっているのなら下がっていろ」

「いいえ、下がれません。殿下には申し上げたいことが山のようにございますので」

アリオスがそっとセレティナとフリッツとの間に、身体を半分割り込ませる。

もし万が一のことがあれば我が身を盾にしてでも守ろうとする彼の無言の意思を感じて、その腕に軽く手を置きながら、セレティナは口を開いた。

長い間耐え続けて、やっと発言できるこの時を噛みしめながら。

「先ほどの殿下のお言葉について、私の両親が一体殿下に何をしたと仰るのでしょう」

「なんだと……!?」

「私はかつて母が、殿下の恋人に嫉妬して周囲の人々を扇動し、嫌がらせをした。そのために国母として相応しくないと殿下が婚約破棄を宣言されたと聞いております。ですが、それの何が悪いのですか？」

「呆れたものだな。親が親なら子も子か、開き直るとは」

「客観的に見て、当時殿下と母は婚約関係にありました。それにも関わらず、殿下はご自身の不貞を隠そうともなさらなかった。母は婚約者として殿下にもの申す権利があったはずです。その母に、殿下は何をしてくださったのですか？」

王太子を責めるのと同時に、王太子妃を責めることにならぬよう、言葉には気をつけた。

あくまで断罪したいのはフリッツであって、アデリシアではない。

「婚約者がありながら、不貞を犯す殿方の方が悪いのではないのですか？　仮に母の行いが多少行き過ぎたものであったとしても、あくまでも言葉のみ、加害行為はなかったと聞いております。その母に対する罰が婚約破棄であり、二十数年もの間社交界からつまはじきにされることであるならば、母以上に罪深い不貞を犯したあなたはどのように償ってくださるのでしょう」

「控えろ！　誰に申している！」

「フリッツ王太子殿下。あなた様に申し上げております。ご心配なく、先ほど陛下からお許しはいただきました」

今やセレティナの瞳には、明らかな怒りの炎が宿っている。

一歩も譲ることのない彼女の様子に、フリッツの形相は怒り狂う一歩手前だ。

「小娘が母親から何を吹き込まれたか知らんが、無関係な者が口を挟むことではない」

「無関係な者？　私が無関係なら、父もそうであったはずです。ですがあなたは母だけでなく、父も、私も、我が家門全て見下し、馬鹿にし、のけ者にすることを当然と振る舞っていらっしゃった。私が直接殿下からいただいた数々の侮辱的なお言葉は忘れておりません。そのお言葉の前提には、私たちも母と同じく責められるべき罪を負う者、という認識であったはず。ですのに、無関係だと？」

流れるような言葉は、これまで言いたくとも言えずに胸に溜《た》め込《こ》んでいた言葉だ。

あえて考えずとも言葉は溢れ出るし、一度堰《せき》を切ったそれはなかなか止めようとしても止められない。

「今一度殿下にお尋ねいたします。過去、私の母が、父が、私が、あなた様に何をいたしましたか？その罪は、あなた様が与えた罰に見合う罪であったのでしょうか。お答えくださいませ」

すぐそばで、父と母がハラハラと見つめているのが判る。

このような場で王太子を弾劾すると事前に伝えた時、もちろん両親は止めた。

言うならば自分で言う、セレティナが矢面に立つ必要はない、と。

両親の主張は当然のことだ。こうしたやりとりは当事者同士で行うべきで、たとえ身内であろうと横から口を挟む行為は余計にこじれる原因となる。

しかしそれを押し切ったのはセレティナだ。

なぜなら今や彼女自身も、この問題の当事者であるから。

アリオスとの未来を掴むためには、たとえ両親であろうと他の人間に委ねるわけにいかないと。

問い詰められるように責められて、フリッツの握りしめた両手がブルブルと震えているのが判る。

彼の頭の中で、今自分はどのように殴られ、どんな無残な姿を思い描かれているのだろう。

「イザベラは……!!」

瞬間フリッツは、叫ぼうとしたらしい、先に裏切ったのはお前の母親だ、自分の行いは正当だと。

しかし、案の定言葉は中途半端に途切れる。

フリッツからすれば、イザベラが自分ではなく他国の王に心を揺らしたことを明らかにする行為は、すなわち自分がその王に劣っていると認めるも同然の行為である。

プライドの高いフリッツには決してそれはできない。

先に彼女を見限ったのは自分であり、捨てられたのはあちらの方だ、という体裁がこれまで彼のプライドを保っていたのだろうから。

また、たとえその事実を訴えたとして、何の罪になるのか。

証拠がない。

あるのは、イザベラは不貞を犯しておらず、フリッツは不貞を犯した、その事実だ。

「我がイクラム侯爵家、並びにライアット公爵家は王太子殿下に、不当な婚約破棄および、長年にわたる名誉毀損、これによる物理的、精神的両方の損害として、謝罪と賠償を要求いたします」

揺るがぬ声で、一言一言を区切るように宣言するセレティナを、信じられないものでも見るような眼差しでフリッツが見つめる。

「ですが、私はあなたのご子息であるアリオス殿下を愛し、人生を共にしたいと願いました。あなた様が私たちの結婚を認め、以降一切の関わりを断つとお約束いただけるなら、過去の賠償については取り下げさせていただきます」

セレティナの言葉を引き継ぐように、アリオスも告げた。

「仮に父上が認めず、賠償を行う選択をされたとしても、私は彼女と生涯を共に歩みます。既に陛下、兄上、そしてイクラム侯爵夫妻やライアット公爵もご承諾いただいている。あなたの許可は必要としていません」

息子からも切り捨てられるような宣言を受けて、フリッツは叫ぶ。

ごく当たり前の、けれど彼が口にする資格のない言葉を。

「私はお前の父親だぞ！」

「ええ、そうです。そのおかげで、私が彼女やその家族にどれほどの罪悪感を抱いているか、そして今後も生涯抱き続けるであろう苦しみをあなたは考えもしないのでしょうね」

セレティナの隣に身体の位置をずらしたアリオスは、片手でその腰を抱き寄せる。

大人しくアリオスの胸に身を寄せながら、片手をあげると彼の頬を包み込んだ。

「そんな苦しみをあなたが背負う必要なんてないわ。アリオス。私はこれでも王太子殿下に感謝していることもあるの。殿下が母を捨ててくださったおかげで、私たちはこうして出会えたのだから」

もちろん、だからといって改めて本人に礼を告げる気はないけれど。

フリッツを哀れむように、流し目を向けた直後だった。

「増長するか、小娘が‼　近衛兵！　この謀反人を捕らえろ！」

その叫びに、しかし応じる近衛騎士はいない。

フリッツは苛立たしげに近くの騎士の腰から強引に剣を抜き放つと、そのままセレティナへと振り下ろそうとする。

誰もが惨劇を予想してその場を悲鳴が包み込んだが、その行為すらも予想できたことだ。

セレティナから離れたアリオスが一歩前へと踏み出し、フリッツよりも先に懐へと飛び込む。

あっという間の出来事だった。

なすすべもなく腕を押さえられ身体を跳ね上げられたと思ったら、背中から床に叩き付けられたフリッツは直後自分がどういった状況下にあるのかも理解できていないようだった。

「残念です、父上」

剣は既にその手から離れ、床に転がっていた。

その転がった剣を拾い上げたのはオシリスだ。

第一王子はそのまま王へ振り返ると、跪いた。

「ご裁可をお願いいたします、陛下」

返答を求める第一王子、父親を拘束する第二王子、そして床に無様に押し倒される姿を晒す王太子のそれぞれの姿を見つめ、王は深い溜息をつくと首を横に振る。

そうして酷く疲れた表情の顔を上げ、はっきりと告げた。

「イクラム侯爵令嬢殺害未遂、並びに横領、贈賄、そのほか複数の罪状によりフリッツを廃嫡、新たな王太子は第一王子オシリスとする。詳細については後日改めて通達するものとする。以上だ」

「お、お待ちください、父上！　そのような罪状に心当たりなど……！」

その時苦しい姿勢で反論しようとしたフリッツの前に歩み出たのは、セレティナの父、イクラム侯爵のロジャーズだ。

「恐れながらフリッツ殿下の罪状につきましては、私が調べ上げ、陛下にお渡ししております」

「貴様、ロジャーズの分際で……！」

その言葉だけで、フリッツが父をどう思っているのかを改めて知る。

けれど父はそのように見下されるほど無能な人間ではない。

確かに見目は劣る。フリッツのように多くの女性の目を奪うような整った容姿の持ち主ではないし、言うなれば善良であることが最大の取り柄のような人物だ。

けれど、このたびフリッツを公の場で断罪すると決めた時、祖父のライアット公爵に負けないほどの証拠書類を提供してくれたのはこの父だ。

（お父様も、黙って耐えているように見えて、その裏では家や家族を守るために反撃の機会を窺っていたのね……）

何しろフリッツが王になればセレティナ達に未来がなくなることくらい、この父だって嫌というほど承知していただろうから。

証拠の数々にセレティナやアリオスも目を通したが、それらの中にはフリッツだけなく王家全てを巻き込んで国の歴史が大きく変わりかねないほどの危険性が孕《はら》むものも存在していた。

きっと父も、ライアット公爵と協力して、フリッツだけでなくその二人の息子も、もろともに引きずり下ろすつもりだったのだろう。

けれど結局公の場に提示したのはフリッツの罪だけ。

残る王子二人に将来を賭けてみようと父が考えを改めてくれたのは、父自身の王子達への評価が低くはなかったことと、もちろん娘の幸せのためである。

「これ以上見苦しい姿を晒すな、フリッツ。イクラム侯爵家にだけではない、様々なお前の罪は既に全ての証拠が揃っている。釈明は法廷で行え」

王がちらと向けた先にいるのは複数の貴族だ。

その中にはつい先日までフリッツを誰よりも支援していたバレス公爵の姿もある。

どうやらバレス公爵も、これ以上フリッツを擁護するより家を守るために切り捨てる選択をしたらしい。

残酷なようだが、一族郎党巻き込まれることを思えば、傷が浅い内に手を引く判断は食えない公爵だな、とセレティナは思う。

そんなセレティナに、王は改めて告げた。

「王家から、イクラム、ライアット両家への謝罪の場を改めてもうけさせて欲しい。また不幸な出来事で歪んでしまった関係を、そなた達の婚姻が正しい形へ戻してくれることを期待している」

「ありがとう存じます。陛下のご期待に添えるよう、アリオス殿下と共に邁進《まいしん》して参ります」


結局フリッツはその後、西のベルクフリートの最上階にある貴人用の牢《ろう》へと投獄された。

正式な裁判で判決が下ったのちは、王家直轄領の離宮へと住まいを移され、生涯をそこで過ごすことになった。

離宮とはいっても、身分の高いわけありの人間を飼い殺しにするような場所である。

華やかな王城とは比べるべくもない、堅牢《けんろう》で冷たい石造りの離宮では、王の許しなくば一歩も外へ出ることもできない。

長い間未来の王として王太子の座にあった人の末路としては、死ぬよりはマシ、という程度の哀れさだ。

王家からイクラム侯爵家とライアット公爵家への正式な謝罪があったのは、フリッツの扱いが決定して間もなくである。

「いつかフリッツ自身が気付いてくれるものと願って、随分な時間が過ぎてしまった。その間、耐えがたい苦痛を与え続けていたことに謝罪する。また、それにもかかわらず耐え続けてくれたことにも感謝しよう」

王がそう告げれば、オシリスも続いた。

「長い間、両家には他者がはかることのできないほどの苦汁を飲ませ続けてしまったことを詫びます。心通わぬ父であったとはいえ、父は父。息子として諫めることのできなかった我が身を恥じている」

「私も陛下や兄と同じです。父の言動に危うさを感じていながらも、結局こうなるまで正すことができませんでした。どう詫びても足りるものではなく、言葉も見つかりません。本当に……申し訳ありませんでした」

最後はアリオスからの謝罪を、父も祖父も受け入れた。

その物わかりのよさが、少しだけセレティナは心配だ。

だからつい、念を押すように尋ねてしまう。

「お父様、お爺様。本当に納得していらっしゃいますか？　私のために無理をしてはいませんか？」

ゆっくりと首を横に振ったのは父だった。

「大丈夫、ちゃんと納得しているよ。それよりも私の意気地がないばかりに、お前にまでたくさん辛い思いをさせてしまって、本当にすまなかった。正直、こうなってホッとしている……そうでなくては、今以上に茨《いばら》の道を進まねばならなかったかもしれないからね。アリオス殿下、どうぞ娘をお願いします」

「お父様……」

「跳ねっ返りで気の強いところもありますが、本当に家族想いで優しい子なのです。生まれる前のことなどこの子には全く関係のないことなのに……私たちを悲しませないようにと、どれほど社交界でむげに扱われても笑顔で耐えてくれていました」

父がアリオスの手に縋る。

両手で王子の手を握りしめ、どうか、どうかと額を擦り付けるように懇願する姿に、自然と涙が出てしまう。

「王家の皆様のことを恨まない日がなかった、とは申しません。ですが、生まれる前のことで責任がないのは、殿下達も同じこと。……どうかお願いします」

「もちろんです、イクラム卿《きょう》……いいえ、義父上。私にできる全ての手段で大切にするとお約束します。こう言ってはなんですが……私は幼い頃から父という存在に縁が薄く、セレティナとあなたの親子関係に強い憧れを抱いています。どうか少しでも、そのお仲間に入れていただけたら嬉しいです」

手を握り返し、晴れやかに笑うアリオスに、父は一瞬目を丸くし、そして破顔した。

「我が家の団結はうっとうしいくらいですぞ。お覚悟なさいますよう」

「喜んで。……セレティナ」

名を呼ばれ顔を上げると、アリオスがこちらに向かって手で招き寄せる仕草をした。

呼ばれるままにふらふらと近づけば、彼が懐から出したハンカチでセレティナの顔を拭ってくれる。

そう、セレティナの顔はボロボロと零れる涙で濡れに濡れていたのだ。

「少し、失礼します」

そう言ってアリオスはセレティナを別室へと連れて行くと、そこで彼女を膝に抱えたままソファへ腰を下ろして、抱きしめた。

彼の胸に顔を埋めても、渡されたハンカチでどれほど拭っても、涙が止まらない。

みっともない顔なんて見せたくないのに、どうしたらこの涙は止まるのだろう。

「ごめ……なさい、止まらない……」

「いいよ、好きなだけ泣いて。いろんなことが立て続けにあったからね」

まるで小さな子どもにするように、アリオスの手がセレティナの背中をさする。

その彼の背に両腕を回し、しっかりと抱き返しながらセレティナはその胸でしばらく泣いた。

決して、安堵だとか喜びの涙ばかりではなかった。

頭の中に、フリッツを断罪した夜会のことが蘇る。

長い間鬱積していた感情を言葉にして吐き出せたことは心底スッキリしたし、微塵も後悔はしていないが、だからといって全ての後味がよかったかというと話は別だ。

どんな恨み辛みをぶつけても、虐げられてきた過去は消えない。

またあの夜の出来事が王家にとってどれほどの醜態になることだろう。

あれだけの騒ぎになれば、国内の貴族だけでなく、国外にも広がるだろう。

混乱はしばらく続くに違いない。

王も、他国から息子を御することのできなかった、無能な王だと侮られることになるだろう。

セレティナを膝に抱いたまま、彼女の黒髪に顔を埋めるようにアリオスは告げた。

「急ぎ兄上の立太子礼が行われる。まだ非公開だけど、それと間を置かず陛下は退位なさって兄が玉座に着くことになるだろう。多分近いうちに、我が国は王が代わる」

「……それは……やっぱり、陛下も責任を取って？」

「そうなるね。父が愚かだったことは大前提だけど、これほどになるまで判断を先送りにしていたのは間違いなく陛下だから。その責任からは逃れられない」

きっと王も自身で認めていたように、親の愛に目が眩《くら》んだ愚王だと囁かれるのだろう。

だけどフリッツのことが絡まなければ、決して愚かな王ではなかった。

多分、オシリスとアリオスの二人の孫を父から引き離して育てたのも、心のどこかではこのまま息子に国を任せてはまずいと判っていたからだ。

もっと王家とよい関係を保てていたら、王はセレティナのことも可愛がってくれただろう。

「そう……あなたも、大変になるわね。婚約は落ち着いてからかしら」

セレティナとしては当たり前のことを呟いたつもりだったのだが、予想外の反応が返ってきた。

「えっ、何を言っているの。婚約はすぐにでもするよ、先延ばしになんてできるわけないだろう」

「えっ、あなたこそ何を言っているの？　私たちの婚約と国の大事とを比較したら、どっちが優先されるかなんて判りきっているでしょう？」

「……ひどい」

食い気味に焦った様子で言い返してきたアリオスの様子に、逆にセレティナの方が驚いてしまう。しかも妙にガッカリされた反応に、困惑しきりだ。

ひどい、と訴えるアリオスは、まるでご飯の時間だと大喜びしていたのに差し出されたばかりの餌を引っ込められた子犬のようだった。

気がつけば涙も止まっている。

「君と一刻も早く婚約どころか結婚したくて堪らないのに。国が落ち着くまでなんて、君はいつまでお預けにするつもり？　まるで弄ばれているみたいだ」

「弄ぶって……なんだか私がすごく悪い女みたいね」

「もしかすると君は本当に、男心を弄ぶ悪役令嬢なんじゃないかって、俺はこの一瞬で疑いだしている」

「そっちの方がひどいじゃない」

本当ならちょっと怒ってもいい気がするけれど、あまりにもアリオスが拗ねた物言いをするから逆に笑ってしまった。

「だって、これからあなたもオシリス殿下も忙しくなるでしょう？　落ち着いてからゆっくり準備した方がよくない？」

「よくない。忙しくなるからこそ、先に確約がほしい。考えてもみてよ、先日の夜会で全面的に王家はイクラムとライアットに謝罪したことになる。遠からず君たちの名誉は、劇的に回復されるよね」

「そうね。そうだといいわ」

「ということは、君は一転してとても条件のいい令嬢になる。侯爵令嬢で、ライアット公爵の血筋も汲《く》んでいて……正直、僕なんかより兄上の妃の方が相応しいくらいだ」

なんとなくアリオスの言い分が見えてきた。

つまり婚約を先延ばしにすることで隙を与えて、なし崩しに第二王子から第一王子へ嫁ぎ先が変えられるのではないか、と心配しているのだ。

「オシリス殿下は弟の恋人を奪う人ではないでしょう？」

「兄上にそのつもりがなくても、周りが言い出す可能性は十分高い。今回のことでバレス公爵家の権力は下がり、代わりにライアットが息を吹き返すだろう。そうなれば……」

「もう、馬鹿ね。そんなこと他の誰が言ったって、事情を知っている全ての人が認めないわよ。それに私も、王太子妃に必要な条件を失っていることをあなたがよく知っているでしょう？」

身分や血筋も大事だが、純潔も大事だ。

既にアリオスと結ばれ、彼の子を宿す可能性のある娘をその兄の妃にだなんてありえない、とセレティナは笑うけれどアリオスは笑えないらしい。

夜会の場でも、先ほどの謝罪の場でも立派に王子として振る舞っていたのに、自分と二人きりになった途端、少し緩む彼の様子に胸の奥が温かくなった。

手を伸ばし、その頭を下げさせると有無を言わせず口づける。

不意を突かれて見開いたままのラピスラズリの瞳を覗き込み、笑った。

「判ったわ、婚約や結婚の時期はあなたに任せる。それであなたが安心できるなら」

「……おかしいな、こんな場合って普通、不安になるのは女性の方じゃない？」

「私は二年先、三年先になっても待っていられるわよ。あなたを信じているもの……まあ、できれば若くて一番綺麗な時期が過ぎる前に貰ってほしいと思うけれど」

自分で自分の額を押さえた彼の手の平から覗《のぞ》く肌が、うっすらと赤い。

彼がどの言葉に特に反応したのか、判っていた。

その言葉を繰り返す。

「あなたを信じているわ、アリオス」

かつてセレティナは、図書館で知り合ったアロイスは信じられても、王子のアリオスを無条件に信じることはできないと思っていた。

きっとその感情は彼に伝わっていて、思えばアリオスはずっとセレティナの愛だけでなく信頼を得られるように懸命に振る舞ってくれていたのだろう。

父親であるフリッツを、きっぱりと断罪したのも、もちろん国のためであるけれどそれ以上に自分の信頼を得るためだと、セレティナはちゃんと理解していた。

「嬉しいよ。……ありがとう。……でも俺は二年、三年なんて待てない」

ぎゅうっとアリオスが彼女の華奢な身体を抱きしめてくる。

正直ちょっと痛いくらいだったけれど、セレティナは苦笑しただけで抗うことなく大人しく身を任せる。

「婚約はすぐにしよう。可能な限り早く」

「はい」

「結婚も、すぐにしよう。一分でも一秒でも早く」

「はいはい」

「俺の話、真面目に聞いている？」

「聞いているわよ、可愛い私の王子様」

セレティナの顔を覗き込もうとしたのだろう。

少し力を緩めて顔を下げたアリオスの唇に、もう一度キスをした。

一度ならず二度までも不意を突かれ、彼の目元がますます赤くなる様子がおかしくて、つい声を上げて笑ってしまうと、むっと拗ねたように眉根を絞った彼がお返しとばかりに口づけを返し……呼吸まで奪うような深い口づけに、セレティナは静かに目を閉じた。

「ん……あ、だめ……」

淫らな水音を立てながら互いの舌を絡め合う途中、小さく制止したのは彼の手が油断なくセレティナの胸の上を這ったからだ。

ただ触れるだけではない、明らかな意図を持って胸の形を探るその手に手を重ねて止める。

「……抱きたい」

率直な欲求を伝える言葉に、思わず流されてしまいそうになるけれど。

「駄目よ、隣に皆いるのよ。我慢して」

これまで二度彼と肌を合わせた。

一度目はこれが最後と思ったたし、二度目は完全に場の雰囲気に流されてしまったが、貴族の娘として婚前交渉はもちろん褒められた行為ではない。

結果的に自分たちの想いが実ったため、大きな問題とならずに済むだろうが、本来であれば貴族令嬢としての価値を失うような行いである。

彼と結ばれたことを後悔はしていない。

それでも、感情にまかせた行為であったことは認めなければ。

なし崩しにこの関係が続くのは、やはりけじめとしてよくないと思うのだ。

「アリオス、この際だからきちんとルールを決めましょう」

「どんな?」

「まず、深い触れ合いは結婚するまでだめ」

至極まっとうな要求をしているはずだが、途端にアリオスは言葉を詰まらせると項垂れた。

子犬が耳を倒し、尻尾を下げているような印象だ。

立派な成人男性だというのに、この庇護《ひご》欲をそそるところが少しずるいと思う。

だからといって今は流される気はないけれど。

「お返事は？」

「……いや、それは……いずれ結婚するんだし、そこまで厳格にならなくても……」

「普通に結婚するだけでも、王子殿下との婚姻は注目を浴びるけれど、私たちはそれ以上よね？　以前のことはともかく、これから先も同じ関係を続けてきて、もし先に子どもができるようなことになれば、私が身体であなたを籠絡した悪役令嬢として名を馳《は》せることになるけれど構わないのかしら？」

「いや、君はもう既に立派に悪役令嬢として世間に認識……」

「何か仰って？」

にっこりと微笑むも、自分の目が笑っていないことは自覚している。

あのフリッツを断罪した夜会以降、その時の出来事と共に自分の名が新たな悪役令嬢として広まっていることは、大変不本意ながらセレティナも知っている。

誰が悪役令嬢だ、と反論したくなるけれどまあ、大人しくやられっぱなしで引き下がるヒロインになるくらいなら、多少あれこれ言われようと自分の意思を押し通す悪役令嬢の方が魅力的なのかもしれない。

しかし、身持ちの悪さで噂されるのは御免被りたい。

「大体あなたも、身体で籠絡されるお手軽な王子様として噂されるのは不本意でしょう？」

「君に籠絡されるなら本望だけど」

ずい、とアリオスが切なげな眼差しで顔を近づけてくる。

どっちが籠絡しようとしているのだか、ちょっと油断すると「仕方ないわね」と絆されそうになる己をぐっと堪えて、彼の唇に指先を押し当てた。

「……私を、大切にしてくださるのでしょう？」

「それはもちろん……」

「なのに、私の貞操は大切にしてくださらないの？」

それは、アリオスにとって何よりも強力な楔の言葉になっただろう。

肯けば結婚まで深い触れ合いはできない、けれど首を横に振れば、所詮そんな扱いの女なのねと言われてしまう。

アリオスに許された答えは一つしかないのだ。

「……判ったよ、君の言うとおりにする」

まるで苦渋の決断だと言わんばかりに答えながら眉尻を下げるアリオスの反応に思わず笑ってしまった。

「何もそんなに切なげな顔をしなくても」

「そりゃあなるよ。何も知らなかった時ならともかく、君と抱き合うことがどんなに幸せなことか知ってしまった今は、近くにいても触れずにいるなんてひどい苦行だ」

それを言うならセレティナだって同じだ。

だけど男と女という性差のせいか、個人の違いか、心が満たされていれば身体が満たされるのはその次でいいセレティナとは違い、アリオスは心と身体両方を満たされる欲求がより強いらしい。

そういえば抱き合った夜の彼は、普段の彼と随分印象が変わっていた。

欲求に素直というか、言葉責めが好きだとか……お上品な王子様の別の顔を見た気分である。

「でも、君が悪く言われる方がもっと辛いし、身体目当てかなんて言われたら立ち直れないくらいショックだ。……君の言うことが正しいよ。結婚まで我慢する」

「ありがとう、判ってくれて嬉しいわ」

「……こうなったら、本当に、一日も早く結婚する。兄上の都合なんて知ったことか、何だったら婚約なしですぐ結婚でも……」

「私は形式だとしても手順は守りたいわ。誰かに文句をつけられる隙がないように。それに女の子にとって、華々しい結婚式ってやっぱり憧れよね。そのためには当然、しっかりした準備期間が必要よね？」

先走りそうになるアリオスの、さらに先に回って止める。

にこにこと笑顔を崩さずとも、その目が割と本気なセレティナの様子に気圧されて、結局アリオスはこれにも肯いた。

渋々といった体ではあったが。

「を言ってごめんなさい。でも、私のお願いを聞いてくれてありがとう」

「君が言っていることは全部正しいことだ。俺が焦りすぎている自覚はある」

「何に焦っているの？」

アリオスはセレティナの希望を聞いてくれた。

次は自分が彼の話を聞かなくてはと、半ば身を乗り出すように問う彼女に、最初アリオスは言いにくそうに言葉を濁す。

しかしまっすぐに見つめるセレティナの瞳が逸れないことに気付いたのだろう。

「しつこいって言われそうだけど……君を兄上に取られそうで」

そういえばさきほども同じことを言っていた。

その時はさらりと聞き流したが、どうやら思いのほか彼の不安になっていたようだ。

「大丈夫よ。たとえ望まれても、私はあなたがいい。お父様やお爺様も判ってくださっているし、それでも駄目なら、今度は駆け落ちでもしましょうか。二人で色々な国を旅して回るのもいいわね。あ、その時にはしっかり軍資金はいただいていきましょうね」

「最後の一言が妙にリアルだけど」

「だって先立つものはやっぱりお金よ。ゆくゆくは自分たちで稼ぐにしても、働いたことのない私たちが最初から上手く立ち回れる保証はないでしょう？　よくあるじゃない、その時の感情で後先考えず駆け落ちしたまではいいけれど、生活に苦労して、結局別れてしまうお話。他にもお金の切れ目は縁の切れ目とも何かで読んだ気がするわ、もちろんお金で切れるような縁ではないけど……って、なんで笑っているのよ」

もしも、の話を生き生きと語るセレティナを、アリオスがまるで微笑ましいものでも見るかのような眼差しで見つめている。

子どもっぽかったかしらと、少し頬を赤らめながらも拗ねてみせると、彼はさらに微笑ましそうに目を細め、何度目か判らない抱擁でセレティナを包み込んだ。

「目を輝かせて、あれこれ想像を膨らませている君が可愛いなあって思っただけだよ」

「……私、あなたが言うほどそんなに可愛いタイプじゃないと思うんだけど……」

「俺にとっては全てが可愛い。愛しているよ、セレティナ。君に相応しい男になれるように努力するから、どうかこれからも一緒にいてほしい」

好きな人にそんなことを言われて、嫌と言える娘がどれほどいるだろう。

でも正直に言葉にするのは少し気恥ずかしくて、セレティナは言葉で告げる代わりに「えい」と再び抱きつくことで答えを返す。

アリオスの唇が落ちてきた。

額に、瞼に、頬に、唇に。

二人は幾度も口づけを繰り返す。

それは、いつまで引っ込んでいるつもりだとしびれを切らせたオシリスが、呆れ混じりに部屋の扉をノックするまで続いたのだった。


一日も早く婚約を、そして結婚を。

そのアリオスの言葉通り、二人の婚約はあの夜会から一ヶ月経たないうちに行われた。

そしてさらにその半年後にはフリッツが廃嫡されたことで空位となった王太子の称号をオシリスが引き受けるための立太子礼と、その翌日に王の退位と王太子の即位が行われる。

本来であればそれほど重要な儀式を立て続けに行うことは例がないが、立太子礼にも即位式にも国内外問わず賓客を招いての一大儀式となる。

元々王も高齢で、連日の公務をこなすことも難しくなってきている上、このたびの騒動から王室の権威を疑う声も多く上がっていた。

そのため全てを一度に済ませて一日も早く騒動を収束させることを優先した結果のことだ。

それらの儀式にはセレティナもアリオスの婚約者として、王族に準ずる扱いで共に参加した。

あの夜会の出来事を目撃しても、まだイクラム侯爵家に含む感情を抱いていた者達は、そんなセレティナの姿に、もはや誰も侮る言動を見せることはない。

そしてさらに翌年の春。

これまでの重たい空気を振り払うように多くの人が準備に力を注いだ慶事が行われる。

第二王子アリオスと、イクラム侯爵令嬢セレティナは婚礼の日を迎えたのだった。


その日はまるで二人の未来を祝福するように、雲一つない青空が広がる晴天だった。

教会の高い尖塔《せんとう》を、平和の象徴とされる純白の鳩《はと》が群れになって横切る。

ステンドグラスからさんさんと差し込む明るい光を受けて誓いを交わし、正式な夫婦となって教会から出てきた二人を出迎えたのは、招待客だけではなく道という道を埋め尽くす王都の人々だった。

「おめでとうございます！」

「おめでとう！」

口々と輪唱のように重なる祝福の言葉に、セレティナの驚きは止まない。

どうしてこんなに多くの人が、と目を丸くする彼女にそっと囁いたのはアリオスだ。

「どうやら最近、君をモデルにした新しい悪役令嬢の話が流行っているらしいんだ」

「ええっ？」

「これまでは悪役として主人公達に断罪されておしまいだったけど、今は逆に悪役令嬢の方が自分を陥れようとした王や王子、婚約者なんかをやり込める内容らしい。きっとあの時の夜会の出来事がどこかから漏れたんだろうね」

確かにあの場には多くの人がいた。

参加者の全ては貴族だったけれど、その貴族の誰かから使用人などを経由して城下の人々に広がったとしても不思議はない。

「それって、王家の威信の問題にはならないの？」

「多少はそんな声も聞こえるけど、君の人気の陰に隠れて、それほど深刻にはなっていないみたいだ。王が新しく変わったこともあって、ある程度の区切りはついたと見なされているらしいよ」

オシリスが即位後、アリオスと共に二人の王子がもっとも力を入れたのが人々の印象改善だ。

何しろフリッツの横暴と悪行が広まり、人々に与える印象があまりに悪くなりすぎていた。

彼を罰したからといって王の責任がなくなるかというともちろんそんなことはなく、王家はこれまでとは違うのだという姿をできるだけ多くの人に見せなくてはならない。

そういう意味でも、長年虐げてきたイクラム侯爵家の娘と王子との結婚は、結果的に良い印象で受け止められたということもある。

まあセレティナに言わせれば、フリッツが王太子として権威を振るっていた時は、他の貴族達も彼に追従《ついしょう》しておもねる者が多かったのに、フリッツが失脚した途端に手の平を返して王家を責めることのできる資格を持つ貴族家がどれほどあるのか、と問いたいけれども。

「そう……でも、なんだかたくさんの人に祝ってもらえて嬉しい」

「うん。手を振ってごらん。きっと喜んでくれる」

「……こう？」

自分が手を振っただけでそんなに喜ぶものなのだろうかと思いながらも、おずおずと人々に向かって手を振ると、とたんにわあっと大きな歓声が上がった。

人々の手によって純白の花びらが舞う。

花びらは風に乗り、舞い上がり、二人の頭上から降り注ぐ。

まるで季節外れの雪のように、温かな春の日差しの中で踊る花びらの行方をアリオスと共に見つめ、そして殆ど同時に二人は笑った。

この先も様々なことがあるだろうけれど、それでも彼と共にこうして笑い続けていられるようにと願いながら。

その後、パレードの馬車に乗り込み、王都を周回して城へと戻り。

婚礼のパーティの後にやっと下がることができたのは、夜も更けた頃合いだ。

一足先にパーティ会場を抜け出し、侍女五人がかりで肌という肌を磨き上げられたセレティナが夫婦の寝室に入った時にはまだアリオスの姿はない。

「まだ陛下に捕まっているのかしら」

パーティの間、兄のオシリスが祝福しつつ、

「私より先に結婚するなんて順番が違うのではないか？」

と散々絡んできていた姿を見ている。

「だったらあなたも早く妃を娶《めと》ればいいでしょう。候補なんていくらでもいるではありませんか」

「どの娘を選んでも利害関係が発生するんだよ。都合がよいと考えていた娘は誰かさんに取られてしまったし、そもそも結婚したいと思う相手となかなか巡り会えない。なあ、アリオス、誰がいいと思う？」

「知るか」

これまでアリオスとオシリスの二人は兄弟でありながら、どこか壁というか、距離というか、お互いに遠慮があったように思う。

そもそも普段からあまり関わることが少なくて、会話もそれほど多くなかったのだそうだ。

けれど二人で協力して物事に当たるようになってからは会話も増え、徐々に打ち解け、こんなふうに兄弟としてじゃれ合う姿を見せるようにもなった。

彼らから父を引き離すような結果になってしまったようで少し引け目を感じていたけれど、逆に近づいた関係もあると思えば救われる。

唯一、少し可哀想《かわいそう》だと感じたのはマイヤー伯爵令嬢だろうか。

第二王子と婚約間近だと囁かれていて、令嬢本人もそのつもりだっただろうに、結局そうはならなかった。

彼女のことを陰であれこれと囁く者も少なからず存在する。

だが令嬢自身は間一髪災難から逃れられた、という考え方もできる。王太子の命じるままにアリオスと婚約が成立していたら、多分今頃もっと面倒になっていたはずだから。

「それにしても遅いわね」

セレティナが部屋に入って気がつくと既に一時間近くが過ぎ、日付が変わろうとしている。

そわそわと落ち着かない気分を宥めようにも何もできることがなくて、寝台の端に腰を下ろしたり、部屋の中を歩き回ったりしながらさらに十分ほどは過ぎた頃か。

「……ごめん、待たせた？」

そう言ってやっとアリオスがその姿を見せた。

ホッとしたものの、どうやら飲まされているらしくて、ふらふらと寝台の脇に立っているセレティナの元へやってきた彼は抱きつくようにその身を預けてくる。

「きゃっ、ちょっと……！」

慌てて受け止めたのはいいけれど、立ったまま成人男性を抱え込める力はない。

そのまま背後の寝台の上に、文字通り背中から押し倒されて、アリオスと寝台に挟まれたセレティナが藻掻くように彼の身体を横に押しのけた。

「ちょっと、大丈夫？　だいぶ飲んでいるの？」

転がされても起き上がろうとしないアリオスの顔を覗き込めば、酒の匂いがする。

淡いランプの光の橙色《だいだいいろ》が邪魔をして、顔色の具合まではっきりと確かめられないが、いつもより肌が染まって見えるのは、酔いのせいかもしれない。

それでなくても今日は朝から二人とも相当に忙しかった。

アリオスは酒に弱い方ではないが、疲れているところに飲まされたら悪酔いもするだろう。

「お水は飲む？」

「……いや、大丈夫」

「なら今夜はこのまま休んだ方がいいわ。衣装を緩めるわよ、あなたはそのままでいいから」

既にナイトドレスに着替えているセレティナとは違い、アリオスはまだ礼装姿だ。

複雑な着付けをされている衣装は、どこが合わせ目で、どこにボタンがあるのかも判りづらくて、首筋やら胸元やら随分探してしまったけれど、どうにか見つけ出し一つ一つ外していく。

「これはどうなっているの？　ああ、ここと結んでいるのね。……ちょっと固い……取れた」

角度を変え、姿勢を変え、横たわるアリオスの身体に乗り上がりながら、その胸元に顔がつくくらいに近づいて、ごそごそと衣装を探るセレティナの様子に、とうとうアリオスが笑い出したのは悪戦苦闘してしばらく過ぎてからだ。

「なによ、人が一生懸命楽な姿にしてあげようと頑張っているのに笑うなんて」

「だって、あちこち触られてくすぐったいし、ああでもないこうでもない言ってる君が可愛くて」

「……なんでも可愛いって言えば許されると思わないでね」

露骨な照れ隠しの言葉を口にしながらも、ようやく上着の最後のボタンが外れた。

袷《あわせ》を開き、肩を滑らせるように袖を抜いて傍らの椅子に掛ける。

ドレスも相当に重いが、この上着も随分重い。

幸いにしてその下に着ているのはシンプルなシャツだ。

クラヴァットを解き、上から順にボタンを外していけば、徐々にアリオスの喉元、鎖骨、そして胸板が露わになってくる。

「ナイトガウンを持ってくるわ」

ここまで緩めれば後は自分でもできるだろうと、寝台から立ち上がろうとしたけれど……できなかった。

彼の両手に腰を抱えられてしまうことによって。

「いらないよ。どうせすぐ脱ぐ」

最後の一言に、彼の腕に置いたセレティナの指先がピクッと震える。

「……今夜はもう休むんでしょう？」

「そんなわけないでしょう。やっと初夜だよ。俺がどれだけ我慢してきたと思っているの」

確かに結婚するまではだめ、と約束をしてからアリオスは時折切なげな顔をしたり、堪えるような表情をしたりしながらも、その約束を律儀に守ってくれた。

無理に迫って、セレティナを困らせるようなことはしなかったのだ。

随分我慢させてしまったのだろうな、と思う。

そして同じくらいセレティナも我慢していた。

心が満たされていれば身体の繋がりはその次でいいと思っていたし、確かにその通りなのだけれど、相手の肌の温もりを知っていながら触れずにいるのは思った以上に寂しかったのだ。

この夜を待っていたのはこちらも同じ……ただ、はしたないと思われないように黙っていただけで。

「でも飲んでいるんでしょう？　大丈夫？」

「その大丈夫って意味が、その気になれるのかって意味なら男のメンツにかけて心配ご無用だよ」

セレティナとしてはただ純粋に心配しただけだ。

なのに何やら少し意味深なふうに取られてしまったようで、返答に困る。

「この姿勢、なんだか新鮮だよね」

この姿勢とは、横たわるアリオスにセレティナの方から乗り上がるように覆い被さっている姿勢だろうか。

確かに過去はセレティナの方が見上げるばかりで、こんなふうに彼を見下ろす機会はなかったかもしれない。

それにしても……無邪気な少年のようなことを言いながら、そのラピスラズリの瞳には既に確かな欲を込め始めているアリオスの素直さに苦笑してしまう。

「社交界にあまり姿を見せない、氷のような王子様、という評判だったはずなのに。あの時のあなたはどこへ行っちゃったのかしら？」

「そう振る舞っていただけだ。本当の俺は、君がよく知っているだろう」

そうね、と一言答えて、セレティナは背筋を伸ばすように彼の唇に己の同じそれを重ねた。

柔らかく触れた唇は、すぐに互いを求め合うように開かれて、さらに深く重なり合う。

彼の口内に舌を忍び込ませれば、僅かに酒の味がする。

流れ落ちる長い黒髪を掻《か》き上《あ》げて、さらに大きく口を開き、互いに食らいつくような口づけに変わるのにそう時間はかからなかった。

「ん……」

アルコールのせいか、姿勢のせいか、あるいは長く待たされたもどかしさのせいか。

すぐに頭に霧がかかったようにぼうっとして、理性的なことは何も考えられなくなる。

「あ」

アリオスの手がセレティナの腰から下へ降りて、両側から尻を掴まれた。

まろやかなその部分の感触を堪能するように両手で揉みさすられると、それだけで息が上がってくるから不思議だ。

「いい顔をしている」

アリオスの言ういい顔、とはどんな顔なのだろうか。

きっと聞けば羞恥心を煽られるだけだから、今は聞かない方がいいと思っている内に、尻を這っていた手のうち片方が上がって、セレティナの胸元のリボンを解く。

する、と抵抗なく解け、広がった生地の合間からすぐに、椀《わん》を伏せたような綺麗な形の乳房が露わになってアリオスの目を楽しませた。

「駄目だよ、ちゃんと見せて」

思わず彼の胸に胸をくっつけることで隠そうとするけれど、アリオスはそれを許さない。

すぐさま片方の乳房に彼の指が沈んで、やわやわと柔肉を揉み、その先の赤い果実を指先でこね回す。

「んっ……」

ビリッと走る刺激に、上体を支える両腕が震えた。

セレティナがことさら胸の先が弱いと知っているアリオスは、さらにそのてっぺんを、今度は指の腹で軽く擽るようにこする。

触れたか触れないかの感覚で刺激されると、全神経がその僅かな愉悦を拾うために集中するようで、ひどくもどかしい。

視線を落とせば、既に胸の先は真っ赤に色を染め、少しでも触れる面積を広げるように固く尖って膨らんでいた。

「……ねえ……」

「うん？」

「……お願い」

「うん」

うんうんと言いながら、アリオスの指の動きは変わらない。

羽が触れるようにそっと、じれったい疼きを与えてくるばかりだ。

なのに身体の奥に灯された小さな火は燻《くすぶ》るように大きくなって、意思にかかわらず腰が揺れてしまう。

物足りない、じれったい、なのにアリオスは動いてくれない。

自分に言わせるつもりだと自覚しながらも、彼の誘導に抗えない。

どうやらセレティナは、自分で思うよりもずっと快楽に弱い娘だったらしい。

「もっと……ちゃんと触って」

「ちゃんとって、どうしてほしい？」

意地悪だ。

判っていてこんなことを言うなんて。

だけど、やっぱり抗えないのだ。

「……揉んで、こすって……舐めて…………挿《い》れて……」

肌という肌が真っ赤に染まる。

恥ずかしさから視界が潤む彼女を宥めるようにアリオスは満足そうに笑うと、再び口づけ、そして切なげに膨らむ胸の先をぎゅっとつまんだ。

「あっ……！」

先ほどよりも強い刺激が背筋に走り、思わずのけぞる彼女の身体を抱きしめて横倒しにすると、頭を下げて胸の先へと吸い付く。

そうしながら彼の片手がセレティナの両足の間に潜り込み、既に濡れていたその場所を指で撫《な》で下《お》ろしながら割り開いた。

反射的に身を離そうとしても、もう片方の手にがっちりと腰を押さえられて逃げられない。

「ん、んんっ、あ、んっ……！」

真っ赤に充血した乳首とその周りの柔肉ごと食われるように吸い立てられ、舐め上げられながら、下肢ではぐちゃぐちゃと淫らな音を立てて、媚肉《びにく》を割られる。

愛を交わすといえば聞こえはいいけれど、やっていることは淫らな情交だ。

隠れていた小さな陰核はすぐにアリオスの指に暴かれて、根元からしごくように優しく刺激を送られると堪らない。

「ん、んっっ……！　く、ふっ……！」

溢れ出る嬌声をなんとかかみ殺そうとしたけれど、完全に堪えることはできなかった。

下肢から熱湯を浴びせられたように一気に広がった熱い愉悦がセレティナを追い立てて、その身体を強く跳ね上げさせる。

どっと溢れ出るものを手の平で受け止めたアリオスが、胸元で低く笑った。

「もうイった？」

「……ばか」

「馬鹿でいいよ。君の前だと俺はどんどん馬鹿な男になる」

抱きしめて耳元で囁かれると、その声にすら肩が跳ねた。

高すぎず、低すぎることもない彼の声は、それそのものがセレティナの神経を操るように刺激して、甘い疼きに肌が粟立《あわだ》つ。

気がつくと、姿勢は最初とすっかり逆転していた。

仰向《あおむ》けにされ、大きく広げられた両足の間に彼が腰を落ち着けてくる。

ぬるぬると身体の奥から溢れ出るもので濡れ光っているその場所を見られたくないのに、視線が落ちていると思うだけでもじもじと腰が揺れてしまうのは、その先を期待しているからだ。

「腰が揺れている。そんなに欲しい？」

からかうようにアリオスがその手の平を、セレティナの肌に滑らせる。

同時に胸元には数え切れない口づけが降って、肌に鬱血の花を次々と咲かせていく。

何度経験しても、触れられるだけでも信じられないくらいに気持ちよかった。

頭の芯が溶けて、ドロドロになったそれが頭のてっぺんから両手足のつま先まで神経網を伝って広がっていくように。

下肢では、既に三本の指がその内側を広げている。

熱く柔らかくほどけたその場所は、溢れるほどに蜜をしたたらせながら男の指を強く絞り上げるように蠕動していた。

「アリオス……アリオス」

浮かされるように両腕を彼の首裏に回し、胸を胸板に擦り付ける。

尖った先端が彼の肌にこすられる刺激さえ心地よくて、なのにもどかしくて我慢できない。

「ああ、ちょっと待って……うん、可愛い」

可愛い可愛いと彼は言うけれど、決してそんなことはないだろう。

今の自分はすごく淫らで発情した顔をしていて、こんな顔、他の誰にも見せられない。

でも、彼がそう言ってくれるたびに、セレティナの中の女が喜ぶ。

認められているようで、求められているようで、嬉しくて……その喜びがなお身体を高ぶらせ、直後ゆっくりと中に押し入ってきた彼自身の存在を歓喜するように迎え入れた。

「あ、ああ、あああっ！　んっ、ひ、んんんっ！」

内壁を擦り上げるように貫かれた、たったそれだけで目の前が真っ白に染まった。

ビクビクと跳ね上がった腰が大きく揺れて、せっかく繋がった場所が外れそうになってしまう。

下腹が波打つようにもだえ、快楽の渦にたたき落とされた全身から、ぶわっと吹き出た汗がいくつも珠を作って肌を滑り落ちていった。

一方で、アリオスはその強い締め付けになんとか耐えきったようだ。

「は、はぁ……っく……」

荒い呼吸を繰り返して呼吸を整えながらも、身体の下に組み敷いたセレティナの身体を抱え直すように腰の位置を正して、ゆらゆらと動き始める。

次第に早くなる速度に振り落とされるように、彼の汗の雫がいくつもセレティナの肌の上に零れては互いの汗と混じり合ってシーツを濡らした。

「あ、あ、いい、気持ちいい……！」

奥を、特に子宮口の入り口付近をしごくように突かれると、火花が散るような法悦に全身を支配されて、嬌声が止まらなくなる。

過去にたった二晩、けれどその二晩の間で幾度も貫かれたセレティナの身体は、既に奥深くで快感を拾うことができるように変化していたらしい。

「奥がいい？　ああ、俺も気持ちいい……」

ぎゅうぎゅうと締め付ける。

かと思えばフッと柔らかく綻んで、優しく包み込む。

奥を強く叩かれると少し痛いのに、でもその痛みさえ快感に変わって、もっと強くと思うのだからどうしようもない。

「音……その音、いや……！」

繋がった場所からは聞くに堪えない淫らな音が、喘ぐ声、軋む寝台の音に重なって室内に響く。

けれどアリオスはわざとその音が大きくなるように、腰を動かすから堪らない。

腰が浮き上がるほど深く持ち上げられて、ぼやけた視界に、上から貫かれるその場所が映った。

大きく太い楔が、自分の身体の中を出たり入ったりしているさまがありありと見える。

ある意味凶暴で、恐ろしく感じても不思議はないはずなのに、圧倒的な力強さで犯される事実が嬉しいと思うのはどういうことだろう。

「君は、俺のものだ……」

浮かされたような声が耳に届く。

素面《しらふ》の時であればその声に、強い執着を感じ取っていくらかの警戒を抱いたかもしれないけれど、今のセレティナにそんな余裕はない。

ただ、彼女は肯いた、何度も何度も。

半ば無意識に求める。

気持ちいい、もっと抱いて欲しい、強く抱きしめて。

「アリオス、好き……大好き……」

喘ぐ唇に、口づけが落ちる。

互いに少しの隙間もないくらいに肌を重ねて抱き合いながら、本能のままに腰を揺する。

奥を突かれるのも、側面の腹側を擦られるのも、どちらも耐えられないほどの強烈な快楽を前にセレティナはひっきりなしに喘ぎ、悲鳴に似た嬌声を上げた。

ぶわっと膨らみ弾ける熱に、何度気をやっただろう。

びくびくと大きく身もだえ息を乱しても、内側がはくはくと戦慄くように蠕動しても、アリオスは彼女を貫き、腰を揺する行為を止めようとしなかった。

何度目かも判らない頂点にセレティナが駆け上った直後、ようやくアリオスも最初の果てを見た。

どっと熱い飛沫《しぶき》が腹の中に広がって満たし、埋め尽くす。

けれど、彼は退かない。

「セレティナ……好きだ、俺も愛している」

二人は互いを抱きしめながら、幾度もその身を貪った。

もはや互いの存在なくしては僅かな時間だって耐えられないと言わんばかりに。

逃がさない、と。

首筋に噛みつくように口づける彼の唇から、そんな言葉が聞こえた気がしたけれど、それを彼女が気にすることはない。

逃がすつもりがないのは、こちらも同じことだから…………

終章

第二王子アリオスが、公爵へと臣籍降下したのは彼らの結婚から五年が過ぎた頃だった。

兄の即位後も王弟として留め置かれていたのは、ひとえにまだ独身だったオシリスに跡継ぎがなく、彼の身に何かあった場合はアリオスに王冠が回ってくる可能性があったためだ。

しかしこの五年で兄も妃を迎え、その妃との間に生まれた男児も乳児期を過ぎた。

王位継承権は所有するものの、その順位が下がったことでアリオスは血脈が途絶え王家預かりとなっていた公爵位を叙爵し、四つ目の公爵家として家を受け継ぐこととなったのである。

「おかえりなさい、おとうさま！」

王城から勤めを終えて公爵邸へと戻ったアリオスの帰宅を知らされたセレティナがエントランスへと下りた時、既に夫を今年で四つになった長女が出迎えていた。

母親譲りの漆黒の髪と、父親譲りの深い青の瞳が美しい可愛らしい娘で、アリオスは今からこの子が嫁ぐ日のことを考えると切なくなって仕方ないと頭を抱えるくらい溺愛している。

既に多くの貴族家から縁談の申し出があるけれど、アリオスがそれを受け入れる日はまだ先のことだろう。

出迎えを嬉しそうに受け入れる夫と、娘の会話が聞こえてくる。

「ただいま、ユディット。今日は一日何をしていたの？」

「お庭でおはなをつんで、おかあさまに花冠をつくってあげたの。これ、おとうさまのぶん」

娘のユディットが差し出したのは、たくさん作った花輪の中でも特に上手にできたものだ。

一番上手にできたのはお父様に、と言われた時には「じゃあ私は？」とちょっと複雑になったが、今のセレティナには花の匂いを遠ざけたい理由があって、せっかく作ってくれても受け取れないのだから仕方ない。

娘の合図に従って頭を下げたアリオスの金髪に、ちょっとしおれかけてはいるが色とりどりの花があしらわれた花冠が乗せられる様を見ると、まあいいかという気分になる。

「似合うかな」

「とってもにあう！　おうじさまみたい！」

実際、王子様だったんだけどなと、きゃっきゃと声を上げてご機嫌に笑う娘にアリオスが笑い返し、その小さな身体を抱き上げて頬に口づけた。

幼い子ども特有の温かく柔らかな身体と、どこか懐かしくなる匂いを吸い込んで心から幸せそうに笑う夫の姿にセレティナも目を細めて笑いながら、一足遅れて二人の元へ向かった
「お帰りなさい。ごめんなさい、お出迎えが遅くなって……」

「いや、無理をしなくていいよ。身体の調子はどう？」

「大丈夫よ、心配しないで」

今、セレティナの身体には新たな命が宿っている。

そのため体調を崩しがちで、アリオスを随分心配させているのだ。

気遣ってくれる夫に笑顔で返し、その頬に唇を寄せれば、彼も同じようにセレティナの頬に口づけてくれた。

「今日は何か変わったことはあった？」

「特になにも。ただ、お母様から手紙が来たわ」

アリオスにその母からの手紙の詳しい内容を伝えることができたのは、家族で食事を終え、娘を乳母の手に任せて夫婦の部屋へと引き取った後のことだ。

母、イザベラの手紙には最初に身重の娘の身を案じる言葉が必ず書き添えられている。

いつもなら世間話などで終わるところ、違ったのはその後の内容だ。

「お母様は、無事フリッツ様と面会できたみたい。きちんと話ができたそうよ」

現在もフリッツは監禁生活を余儀なくされている。

生涯出ることのできない石造りの離宮での生活は彼にとっては屈辱の日々だったようで、最初は随分と荒れていた様子だったが、あれから年月も過ぎてようやく少し心が落ち着いてきたらしい。

そんなフリッツが母に面会を求めてきたのは、つい先日のことだ。

『僅かな時間でいい。会って話がしたい』

と訴えるフリッツの要望を、もちろんセレティナも、父も、ライアット公爵も反対した。

いまさら会って話をしたところで何かが変わるとは思えなかった。

罵声を浴びせられるならイザベラが傷つくだけだし、仮に謝罪を受けたところで何もかもが遅すぎる。

だがイザベラは受けた。

「けじめが必要なのは彼だけではなく、私もそうなのよ」

とそう言って。

その面会日が昨日だったのだ。

「お義母上はなんだって？」

「実際の会話の内容は特に書いていないの。ただ、最後に心の整理ができてよかったと書いてあるから……お母様なりに納得できたのだと思うわ」

娘としては不本意だが、フリッツは母の人生の大半に関わっている。

終わり方が終わり方だっただけに、母としても消化しきれない思いがあったのだろう。

だが今回の面会で、母も気持ち的に割り切れたらしい。

謝罪があったにしろなかったにしろ、本当の意味で吹っ切れたのならよかったと思う。

「私、考えるのよ。フリッツ様はお母様を本当に愛していたのかしらって。仮に本当に愛していたのだとしても、フリッツ様が愛したのは結局のところご自分自身だったのではないかって」

母個人を愛していたというより自分を愛し王太子として引き立てる婚約者を愛していたのではないか。

だから、心が少し他に惹かれただけで「自分を愛する婚約者」という価値に傷がついた母を許せなかったのではないか。

結局は自分のためだ。

そう思うセレティナだが、アリオスは少し違う意見を持つらしい。

「そうかもしれない。でも、それだけじゃなかったんじゃないかって思う気持ちもある。父上は、イザベラ夫人をやっぱり愛していて、あの屈折したやり方も愛したゆえの行動だったんじゃないかって。もちろん愛していれば何をしてもいいなんて幻想だけど、ただ自分の身を飾り立てるだけのアクセサリーとしての愛なら、あんなに長い期間執着しないように思うんだ」

「そうかしら……だとしたら、随分歪んだ愛情ね。私はその愛は理解できそうにないわ」

「いいんだよ、君はそれで。君はただ、俺の愛だけを理解してくれればそれでいい」

なんだか、さらっと情熱的に聞こえつつも、重たいことを言われた気がする。

しかしセレティナはあえて気付かなかったふうに笑い、夫に身を寄せた。

そして告げる。

「愛しているわ、あなた」

「俺も、愛しているよ、永遠に」

抱き寄せる夫の腕に身を委ねると、目を閉じた。

先ほどは理解できないと答えたセレティナだが、本当は少しだけ理解できなくもない。

というのも、この夫からもほんの少し……フリッツのような歪んだ愛を感じることが、ごく稀にあるから。

困ったものだ。

そんなふうに愛されることに、すっかりと慣らされてしまった。

苦笑する。

でもセレティナはそれでいいと思っている。

彼は言ったではないか、ただ自分の愛を理解してくれればそれでいいと。

だから、いいのだ。

二人の物語は、まだまだ続いていく。

共に寄り添い、共に生き、そして共に眠りにつくまで。

あとがき

ガブリエラブックス様では初めまして、逢矢沙希と申します。

本作「悪役令嬢の娘なので、王子様はお断りいたします！　イケメン王子は溺愛する令嬢との結婚に手段を選ばない」をご覧いただきありがとうございます。

大変楽しく書かせていただきました！


本編より先にあとがきをご覧になっている方は、この先ネタバレっぽいことがあるかもしれないので、ご了承の上で読んでくださいね。

いやもう何が楽しいって、王太子の陰湿なところがね、書いていてウキウキしていました。

人の心の綺麗な部分よりも、汚かったり脆かったり弱い部分の描写に力が入ってしまうのは、多分その弱い部分がその人の本質が現れるところだからでしょうか。

はい、決して私の性格がひねくれているせいではないはずです。

あまりにもノリすぎたせいか、その部分が不必要にクローズアップされてしまって、後でちょっと表現を和らげたりとかしたのですけども、それでも陰湿ですよねー。

諸悪の根源はもちろん執念深く元カノが忘れられない王太子なのですが、実は王太子以上に息子可愛さで見て見ぬフリして問題を先送りしていた王様の方が罪は深い気がします。

このお話のネタは、もちろん流行を意識しているのですが、一方的な婚約破棄のその後、王子がざまぁもされず、令嬢側もその理不尽な破棄を受け入れざるを得ないまま子世代になった時にどうなるのかな、と思ったのがきっかけでした。

一方的に婚約破棄した王子の子どもと、破棄された側の悪役令嬢の子ども。
本来なら出会っても恋なんてできるはずのない状況の中で、そうとは知らずに恋をして、真実を知って、さあどうする？　みたいな感じでしょうか。

タイトル通り「お断りいたします！」と、すぱっとお別れをしてしまっては、そこで終了！となってしまうので、ヒーローには追いすがっていただいたり、ヒロインには未練に浸っていただいたり、王太子殿下には暗躍していただいたり、お兄ちゃん王子にも協力していただいたりして、なんとか上手く収まるよう頑張りました。

そんな本人達には全く責任のない親の事情に巻き込まれた気の毒なセレティナとアリオスですが、当初の予定ではアリオスがヤンデレ設定だったのです。

実は「結婚は無理です！」と主張するセレティナをアリオスが囲い込んで「君を絶対に諦めない」と半ば強引に身体から籠絡していくという内容を考えていたんですよね。

ですがまあ、ちょっと話が重すぎるし溺愛と言うよりは執着愛だなって感じになりまして。お話をもう少し明るめに、恋愛成分増し増しで、双方の気持ちが途切れないよう溺愛ふうに～と自分に言い聞かせて本編のようなやんわり描写に変化したわけです。

ラストのほんのりヤンデレっぽい風味は、その名残ですね。

大体「好き」とか「愛している」とかの言葉は物語の佳境か終盤に持ってくることが多いのですが、この二人の場合は好意を自覚した時から割とこんな台詞や甘めの言葉が多めで、正直アリオスの好き好き攻撃はＲシーンを書くより照れました。

きっと親になっても、孫ができてもこの調子なんだろうなと思います、お幸せに～！

話は変わりまして、ひっそりお気に入りなのはアリオスの兄王子のオシリスと、セレティナの侍女のマリアだったりします。

オシリスは成長と共になんとなく距離ができてしまったけど、本心ではたった一人の弟が可愛くて、別に裏表なく昔のように仲良くしたかったりするわけです。

でも弟は素っ気なくてつれないし、父親はあんなだし、祖父には父親のようにはなるなと無言のプレッシャーをかけられていて、お兄ちゃんも結構辛い立場なんですよ。

それらの問題がアリオスとセレティナの恋で一気に解決したわけですから、きっとこの先は良い笑顔で弟夫婦に絡んでいくものと思われます。

侍女のマリアも手のかかるお嬢様がようやく落ち着いてくれたので、その後は自分の幸せを探して欲しいなと思います。

最後になりましたが、今作の執筆にあたりいつもアドバイスをくださる担当様、ありがとうございます！

そして素敵なイラストをつけてくださったＫＲＮ先生。デザインしていただいたセレティナやアリオスがとても素敵で、改稿作業中はそのイメージで書いていました。

それまでぼんやりとしていたキャラクター達がイラストによって明確なイメージになるのは、何度経験しても本当に感動します。

他、関わってくださった全ての皆様、出版社様、そして何よりたくさんの作品の中から今作を選んでくださった読者の皆様に心からお礼申し上げます。

また別の作品でもお会いできますよう、願って下ります。

逢矢沙希

ガブリエラブックスをお買い上げいただきありがとうございます。
逢矢沙希先生・ＫＲＮ先生へのファンレターはこちらへお送りください。

〒110-0016　東京都台東区台東4-27-5（株）メディアソフト
ガブリエラブックス編集部気付　逢矢沙希先生／ＫＲＮ先生　宛

gabriella books

MGB-082

悪役令嬢の娘なので、王子様はお断りいたします！

イケメン王子は溺愛する令嬢との結婚に手段を選ばない

2023年3月15日　第1刷発行

著　者　逢矢沙希《おうやさき》

装　画　ＫＲＮ《かれん》

発行人　日向晶

発　行　株式会社メディアソフト
〒110-0016
東京都台東区台東4-27-5
TEL：03-5688-7559　FAX：03-5688-3512
http://www.media-soft.biz/

発　売　株式会社三交社
〒110-0015
東京都台東区東上野1-7-15
ヒューリック東上野一丁目ビル３階
TEL：03-5826-4424　FAX：03-5826-4425
http://www.sanko-sha.com/

印　刷　中央精版印刷株式会社

フォーマットデザイン　小石川ふに（deconeco）

装　丁　吉野知栄（CoCo. Design）

ISBN 978-4-8155-4308-2

本作品はフィクションであり、実在の人物・団体・地名とは一切関係ありません。